KB087958

국어 교과서 작품 읽기
중1 수필

국어 교과서 작품 읽기: 중1 수필

전면 개정판 1쇄 발행 • 2017년 12월 27일
전면 개정판 32쇄 발행 • 2023년 12월 19일

엮은이 • 박종호 주예지
펴낸이 • 염종선
책임편집 • 정편집실
조판 • 신성기획
펴낸곳 • (주)창비
등록 • 1986년 8월 5일 제85호
주소 • 10881 경기도 파주시 회동길 184
전화 • 031-955-3333
팩시밀리 • 영업 031-955-3399 편집 031-955-3400
홈페이지 • www.changbi.com
전자우편 • ya@changbi.com

ⓒ (주)창비 2017
ISBN 978-89-364-5867-6 44810
ISBN 978-89-364-5970-3 (전3권)

＊ 이 책 내용의 전부 또는 일부를 재사용하려면
  반드시 저작권자와 창비 양측의 동의를 받아야 합니다.
＊ 책값은 뒤표지에 표시되어 있습니다.

국어 교과서 작품 읽기

중1 수필

박종호·주예지 엮음

창비

'국어 교과서 작품 읽기' 전면 개정판을 펴내며

　우리는 학교에서 여러 과목을 공부합니다. 과목마다 학습 방법도 재미도 다르지만, 한 가지 공통점이 있다면 모두 우리말, 우리글로 이루어진다는 점입니다. 달리 말해 국어 공부가 바탕이 되지 않으면 다른 과목이 더 어렵게 느껴질 수도 있지요. 더욱이 국어는 학교에서 배워야 하는 공부의 대상일 뿐 아니라 우리 삶 곳곳에서 쓰이는 소통의 도구입니다. 따라서 국어를 익히는 과정은 세상과 소통하는 법을 배우며 한 인간으로서 성장하는 과정이기도 합니다.

　'국어 교과서 작품 읽기'는 2010년 출간된 이래 수많은 학생들과 학부모, 선생님들에게서 큰 관심과 사랑을 받아 왔습니다. 이전까지 한 권이던 국정 국어 교과서에서 여러 권의 검정 국어 교과서로 바뀌면서, 변화에 발맞추어 다종의 국어 교과서에 실린 문학 작품을 갈래별로 가려 뽑아 재구성해 다채로운 작품을 접할 수 있게 한 시리즈입니다. 초판 이후 2013년에 새로운 교육 과정에 맞추어 개정판을 냈으며, 이번에 다시 한번 개정된 교육 과정에 맞추어 2018년 새 국어 교과서 9종에 대비하는 개정판을 내게 되었습니다. 확 달라진 교육 과정에 맞춤한 '전면 개정판'입니다.

2018년 중학교 1학년과 고등학교부터 적용되는 '2015 개정 교육 과정'은 학생이 자신과 세계를 이해하고 공동체의 구성원으로 소통하는 법을 배울 수 있도록 국어 교과 역량을 기르는 것을 강조합니다. 의사소통, 자료 정보 활용, 자기 성찰 계발, 비판적·창의적 사고, 문화 향유, 공동체 대인관계 등의 능력을 키우는 일이 중요해집니다. 이를 위해 과목을 넘나드는 창의 융합 활동이 제시되고, 학습량을 20퍼센트 가까이 줄이는 대신 학습의 질을 높였습니다. 국어 교과서에서도 문학 작품을 인문, 과학 영역과 접목해 통합적으로 읽고 생각하기를 권장하고 있습니다.

　이번 '국어 교과서 작품 읽기'는 이처럼 문학 작품 독해의 질을 높이고 국어 능력을 강조하는 교육 과정의 큰 변화에 발맞추어 전면 개정한 것입니다. 이 시리즈는 문학 작품을 읽어 가면서 느낀 재미와 감동을 확인하고 스스로 생각하는 힘을 기르는 데 도움을 줄 것입니다.

　수필은 실제로 일어난 일을 겪고 나서 느낀 것을 자유롭게 쓴 글입니다. 자신의 체험에서 길어 올린 생각이나 느낌을 자연스럽게 드러내는 글이지요. 굳이 따로 정해진 형식을 내세워서 맞추거나 할 필요도 없습니다.

　이 책에는 수필 32편을 실었습니다. 9종의 국어 교과서에 실린 많은 수필을 꼼꼼하게 읽은 뒤에 중학교 1학년 수준에서 재미있고 즐겁게 읽을 수 있는 글, 생각을 깊고 넓게 펼쳐 가도록 돕는 글, 정보를 전하거나 새로운 지식을 얻을 수 있는 글을 골라서 배열했습니다.

　제1부에는 자신의 삶과 경험을 바탕으로 감동이나 즐거움을 주는

글을 주로 모았습니다. 자신의 체험을 진솔히 들려줄 뿐만 아니라 가족과 이웃에도 따뜻한 시선을 던지는 글들입니다. 특히 여러분 또래 학생들이 쓴 글도 실었습니다. 제2부에는 세상의 궁금증을 흥미롭게 풀어주는 글을 주로 모았습니다. 지구에서 인간이 사라진다면 어떻게 될까요? 은행문은 왜 안쪽으로 열릴까요? 사람들은 왜 모바일 게임을 즐길까요? 우리가 사는 사회뿐만 아니라 지구촌 곳곳에는 궁금한 것들이 참 많습니다. 과학, 환경, 건축, 역사 등 다양한 분야의 지식과 정보를 담은 글이다 보니 조금은 낯설고 어려운 주제도 있지만, 찬찬히 읽어 나가다 보면 얻는 것도 많을 거예요. 그리고 각 부마다 여러분이 스스로 읽고, 쓰고, 생각을 정리하고 펼쳐 볼 수 있도록 독후 활동을 달았습니다.

이 책을 통해서 사람들이 사는 모습과 이런저런 삶의 과정에서 퍼올린 생동감 있는 이야기를 만나 보시기 바랍니다. 미처 알지 못했던 정보를 담은 글을 만나면, 다음에 이어질 내용은 무엇인지 예측해 보고, 여기에 담긴 정보를 바탕으로 '새롭고 다른' 생각도 해 보기 바랍니다. 이 책을 읽으면서 진짜 공부는 숙제를 하거나 시험을 보기 위해서만 하는 것이 아니라, 살아가는 데 도움이 되는 힘을 기르고 삶을 풍요롭게 가꾸기 위해서도 하는 것임을 깨달았으면 좋겠습니다.

2017년 12월

박종호 주예지

차례

• '국어 교과서 작품 읽기' 전면 개정판을 펴내며 - 5

1부 나를 세상에 드러내기

— 여는 글
• 장영희 ― 괜찮아   13
• 김윤경 ― 목소리   17
• 신학철 ― 잘생겨서   20
• 신학철 ― 나 이거 참!   21
• 신현미 ― '풀'과 우리 반의 짧은 만남   23
• 이순원 ― 내 마음의 희망등   26
• 성석제 ― 어느 날 자전거가 내 삶 속으로 들어왔다   35
• 성석제 ― 선물   39
• 장영희 ― 엄마의 눈물   43
• 정진권 ― 막내의 야구 방망이   49
• 김송기 ― 우리 할머니는 외계인   54
• 양귀자 ― 사막을 같이 가는 벗   59
• 정호승 ― 네모난 수박   63
• 정약용 ― 남의 도움만을 기대하지 말라   67
• 박예인 ― 용기 있는 사람만이 꿈을 이룰 수 있다   70
• 이정현 ― 포기하고 싶을 때 딱 한 걸음만 더 나아가라   72
— 활동

2부 우리, 세상에 호기심 갖기

— 여는 글

- 최재천 — 고래들의 따뜻한 동료애   95
- 과학향기 편집부 — 건강, 똥에게 물어봐!   100
- 이재인 — 은행 문은 왜 안쪽으로 열릴까   103
- 조지욱 — 왜 그때 소나기가 내렸을까   109
- 최원석 — 토끼는 용궁에서 살아 돌아올 수 있었을까   114
- 김정훈 — 지구에서 인간이 사라진다면   119
- 이철우 — 관계는 첫인상부터 시작된다   125
- 조희진 — 군사들에게 종이 옷을 보낸 인조   130
- 최재천 — 생명의 그물을 함부로 끊지 말아요   136
- 고현덕 외 — 남극과 북극, 어떤 점에서 다를까   143
- 김정훈 — 인류의 오랜 적, 모기   146
- 교과서 집필진 — 사람들은 왜 모바일 게임을 즐길까   150
- 한기호 — 로봇도 권리가 있을까   154
- 이광표 — 조상의 슬기가 낳은 석빙고의 비밀   161
- 전국지리교사모임 — 고추, 김치의 색깔을 바꾸다   165
- 이희수 — 마을 학교에서 '마을학교'로   168

— 활동

- 작품 출처 - 178   • 수록 교과서 보기 - 180

일러두기

1. '2015 개정 교육 과정'에 따른 중학교 검정 교과서 9종 『국어』 1-1, 1-2에 수록된 수필 중에서 32편을 가려 뽑아 수록하였습니다.

2. 집필진이 손질한 교과서 수록 글을 저본으로 삼았고, 일부는 단행본에 실린 글을 저본으로 삼았습니다.

3. 한자는 모두 한글로 바꾸고 꼭 필요한 경우에만 괄호 안에 넣었습니다.

4. 낱말 풀이를 달았습니다.

5. 활동의 예시 답안은 창비 홈페이지(www.changbi.com)의 '자료실―어린이 청소년 자료실'에 있습니다.

1부

나를 세상에
드러내기

제1부에는 글쓴이의 삶과 경험이 진솔하게 담긴 글을 묶었습니다. 경험을 통해 얻은 깨달음과 삶에 대한 성찰로 이루어진 글을 읽으며 잔잔한 감동과 즐거움을 느낄 수 있습니다. 남들과 다른 목소리 때문에 겪었던 일을 솔직하게 풀어 낸 글도 있고, 어린 시절 아버지에게 받았던 선물에 대한 기억을 꺼내어 쓴 글도 있고, 자전거를 통한 삶의 깨달음을 전하는 글도 있습니다. 자신의 삶과 경험을 바탕으로 한 나와 가족, 친구, 그리고 삶에 대한 우리의 진짜 이야기입니다. 수필을 읽는다는 것은 단순히 다른 사람의 경험을 듣는 데 그치지 않고 그 사람이 걸어온 길을 다시 함께 걸어 보는 기회가 되기도 합니다. 그 사람의 발자취를 따라가다 보면, 웃음이 나기도 하고, 눈물이 흐르기도 하고, 때로는 마음을 울리는 깊은 감동의 순간이 찾아오기도 합니다. 다른 사람을 이해하고 자신의 삶을 되돌아보는 시간을 통해 한층 성장한 자신의 모습을 발견하길 기대합니다.

괜찮아

장영희

  초등학교 때 우리 집은 서울 동대문구 제기동에 있는 작은 한옥이었다. 골목 안에는 고만고만한 한옥 여섯 채가 서로 마주 보고 있었다. 그때만 해도 한 집에 아이가 보통 네댓은 됐으므로 골목길 안에만도 초등학교 다니는 아이가 줄잡아 열 명이 넘었다. 학교가 파할* 때쯤 되면 골목은 시끌벅적, 아이들의 놀이터가 되었다.

  어머니는 내가 집에서 책만 읽는 것을 싫어하셨다. 그래서 방과 후 골목길에 아이들이 모일 때쯤이면 대문 앞 계단에 작은 방석을 깔고 나를 거기에 앉히셨다. 아이들이 노는 걸 구경이라도 하라는 뜻이었다.

  딱히 놀이 기구가 없던 그때, 친구들은 대부분 술래잡기, 사

---

* 파하다 어떤 일을 끝내다. 또는 어떤 일이 끝나다.

방치기,* 공기놀이, 고무줄놀이 등을 하고 놀았지만 나는 공기놀이 외에는 그 어떤 놀이에도 참여할 수 없었다. 하지만 골목 안 친구들은 나를 위해 꼭 무언가 역할을 만들어 주었다. 고무줄놀이나 달리기를 하면 내게 심판을 시키거나 신발주머니와 책가방을 맡겼다. 그뿐인가. 술래잡기를 할 때는 한곳에 앉아 있어야 하는 내가 답답해할까 봐 어디에 숨을지 미리 말해 주고 숨는 친구도 있었다.

우리 집은 골목에서 중앙이 아니라 모퉁이 쪽이었는데 내가 앉아 있는 계단 앞이 늘 친구들의 놀이 무대였다. 놀이에 참여하지 못해도 난 전혀 소외감*이나 박탈감*을 느끼지 않았다. 아니, 지금 생각하면 내가 소외감을 느낄까 봐 친구들이 배려해 준 것이었다.

그 골목길에서의 일이다. 초등학교 1학년 때였던 것 같다. 하루는 우리 반이 좀 일찍 끝나서 나 혼자 집 앞에 앉아 있었다. 그런데 그때 마침 골목길을 지나던 깨엿 장수가 있었다. 그 아저씨는 가위를 쩔렁이며, 목발을 옆에 두고 대문 앞에 앉아 있는 나를 흘낏 보고는 그냥 지나쳐 갔다. 그러더니 리어카를 두고 다시 돌아와 내게 깨엿 두 개를 내밀었다. 순간 아저씨와 내 눈이 마주쳤다. 아저씨는 아무 말도 하지 않고 아주

• 사방치기 아이들 놀이 가운데 하나. 땅바닥에 네모나거나 둥그렇게 금을 그어 놓고 납작한 돌을 차서 옮기는 놀이.
• 소외감 남에게 따돌림을 당하여 멀어진 듯한 느낌.
• 박탈감 지위, 자격, 자리 등을 빼앗겼다고 여기는 느낌이나 기분.

잠깐 미소를 지어 보이며 말했다.

"괜찮아."

무엇이 괜찮다는 건지 몰랐다. 돈 없이 깨엿을 공짜로 받아도 괜찮다는 것인지, 아니면 목발을 짚고 살아도 괜찮다는 말인지……. 하지만 그건 중요하지 않다. 중요한 건 내가 그날 마음을 정했다는 것이다. 이 세상은 그런대로 살 만한 곳이라고, 좋은 친구들이 있고, 선의*와 사랑이 있고, '괜찮아'라는 말처럼 용서와 너그러움이 있는 곳이라고 믿기 시작했다는 것이다.

오래전 학교 친구를 찾아 주는 방송 프로그램이 있다. 한번은 가수 김현철이 나와서 초등학교 때 친구를 찾았는데, 함께 축구 하던 이야기가 나왔다. 당시 허리가 36인치일 정도로 뚱뚱한 친구가 있었는데, 뚱뚱해서 잘 뛰지 못한다고 다른 친구들이 축구팀에 끼워 주려고 하지 않았다. 그때 김현철이 나서서 말했다고 한다.

"괜찮아, 얜 골키퍼를 시키면 우리 함께 놀 수 있잖아!"

그래서 그 친구는 골키퍼를 맡아 함께 축구를 했고, 몇십 년이 지난 후에도 김현철의 따뜻한 말과 마음을 그대로 기억하고 있었다.

괜찮아— 난 지금도 이 말을 들으면 괜히 가슴이 찡해진다. 2002년 월드컵 4강에서 독일에게 졌을 때 관중들은 선수들을

* 선의 착한 마음.

향해 외쳤다.

"괜찮아! 괜찮아!"

혼자 남아 문제를 풀다가 결국 골든 벨을 울리지 못해도 친구들이 얼싸안고 말해 준다.

"괜찮아! 괜찮아!"

'그만하면 참 잘했다.'라고 용기를 북돋워 주는 말, '너라면 뭐든지 다 눈감아 주겠다.'라는 용서의 말, '무슨 일이 있어도 나는 네 편이니 넌 절대 외롭지 않다.'라는 격려의 말, '지금은 아파도 슬퍼하지 말라.'라는 나눔의 말, 그리고 마음으로 일으켜 주는 부축의 말, 괜찮아.

그래서 세상 사는 것이 만만치 않다고 느낄 때, 죽을 듯이 노력해도 내 맘대로 일이 풀리지 않는다고 생각될 때, 나는 내 마음 속에서 작은 속삭임을 듣는다. 오래전 내 따뜻한 추억 속 골목길 안에서 들은 말—'괜찮아! 조금만 참아, 이제 다 괜찮아질 거야.'

아, 그래서 '괜찮아'는 이제 다시 시작할 수 있다는 희망의 말이다.

장영희 1952~2009

수필가. 영문학자. 서울에서 태어났다. 서강대학교 영문과를 졸업하고 뉴욕주립대학교에서 영문학 박사 학위를 받았다. 태어난 지 1년 만에 두 다리를 쓰지 못하는 소아마비 1급 장애인이 됐지만 이를 딛고 영문학자, 수필가의 길을 걸어왔다. 수필집 『내 생애 단 한번』 『문학의 숲을 거닐다』 『축복』 『살아온 기적, 살아갈 기적』 등이 있다.

목소리

김윤경 · 학생

　지난 겨울 방학, 집에서 컴퓨터를 하고 있는데, 전화벨 소리
가 울려 무심결에 전화를 받았다. 광고 전화였다. '내가 언제
전화번호를 적어 줬지?'라고 생각하며 이런저런 물음에 대답
하였다. 신학기를 맞이하여 무료 행사를 하니까 자기네 회사
누리집에 꼭 한번 접속해 보라는 것이었다. 그러면서 그분께
서 한마디 하셨다.

　"근데 나는 학생 이름만 보고 여학생인 줄 알았는데 남학생
이네."

　잠시 동안의 침묵.

　"아, 네……."

　그 순간 당황해서 바로 아니라고는 하지 못하고 대화를 이어
나갔다. 그분이 어느 학교에 배정받았냐고 하셨다. 지금 와서
○○여중이라고 하면 왠지 그분이 무안해하실 것 같아서 망설
이다가 '○○중학교'에 배정받았다고 말했다. 일부러 목소리를

낮게 깔지도 않았는데 남자인 줄 알았다니……. 지금 생각해 보면 웃음이 막 나오지만 그때는 '살짝' 충격을 먹었었다.

사실, 나는 어릴 때부터 낮고 굵은 목소리 때문에 이와 비슷한 일을 셀 수 없을 정도로 많이 겪었다. 소리도 큰 편이기 때문에, 친구와 길을 가면서 대화를 하면 내 목소리를 듣고 사람들이 놀란 눈으로 쳐다보기도 하였다. 학교나 캠프에서 연극이나 역할극을 할 때에도 크게 힘들이지 않고 남자 목소리를 낼 수 있다는 이유로 나는 항상 '남자' 역을 맡았다.

전화기로 들리는 내 목소리는 더 낮고 굵어서 친구들도 나를 남자로 오해하곤 한다. 친척들도 전화로는 나와 내 남동생의 목소리를 제대로 구별하지 못한다. 하루는 어머니 친구분의 전화를 받은 적이 있는데, 나중에 그분께서 이렇게 말씀하셨다고 한다.

"아, 저번에 그 집 아들내미가 전화를 참 잘 받더라."라고.

동생의 친구들이나 선생님에게서 온 전화를 받으면 대부분 나를 형이라 생각한다. 아버지라고 생각하는 경우도 가끔 있다. 친구 집에 전화할 때면 난 거의 언제나 그 아이의 남자 친구라고 오해를 받았다.

하루는 내가 장난삼아 친구에게 물었다.

"야, 내 목소리가 많이 특이하냐?"

"응. 남자면 평범한데 네가 여자라서."

이쯤 되면, 다들 내가 목소리 때문에 고민할 거라고 생각한다. 그래서 가끔 사람들이 스트레스를 받지 않느냐고 물어보는데, 그럴 때마다 나는 오히려 낮고 굵은 내 목소리에 고마움을 느낀다고 말한다.

왜냐하면 사람들에게 내 목소리에 관한 재미있는 이야기를 들려주어 분위기를 좋게 만들 수도 있고, 처음 만나는 아이들과는 목소리 덕분에 더 빨리 친해질 수도 있기 때문이다. 게다가 나는 얼굴에 별다른 특징이 없기 때문에 사람들은 대부분 목소리와 관련지어 나를 기억했다. '남자 같은 목소리를 가진 여자아이'로. 그 덕분에 학교 앞 빵집에서 일하는 언니하고 서점 아저씨와 친한 사이가 되었다.

얼마 전, 인터넷 게시판에서 낮고 굵은 목소리 때문에 고민하는 여자아이가 쓴 글을 보았다. 그 밑에 적혀 있던 답변은 "나중에 수술하세요."였는데, 나는 다른 답변을 해 주고 싶었다.

'낮고 굵은 목소리 때문에 고민할 수도 있겠지만, 그 목소리 덕분에 네가 다른 사람들에게 좀 더 특별한 사람이 될 수도 있다.'라고……

잘생겨서

신학철 · 학생

   오늘 영어 시간에 있었던 일이다. 수업 중에 문득 주위를 둘러보았다. 미선이가 나를 보고 피식 웃는다. 그래서 요번에는 반대쪽을 보았다. 반대쪽에서는 정순이가 웃었다. 왜 웃을까? 혹시 내가 너무 잘생겨서 그런 게 아닐까? 아니면 못생겨서? 정말 궁금했다. 도대체 왜, 왜, 왜 웃었을까? 쉬는 시간에 미선이한테 물어보려고 했는데 물어보지 못했다. 아마도 잘생겨서일 것이다.

나 이거 참!

신학철 · 학생

오늘 난 변신을 하였다.

머리를 단정하게 깎으라는 담임 선생님 말씀에 내가 직접 거울을 보고 머리를 깎아 보기로 하였다. 내가 매우 아끼는 머리라 아주 조금만 다듬기로 했다.

하지만 쉽지 않았다. 여기를 자르면 저쪽이 길고 저쪽을 자르면 또 이쪽이 길고, 이렇게 자르다 보니 15센티미터였던 앞머리가 5센티미터로 줄었다. 그렇다고 머리를 잘 자른 것도 아니다. 내가 보기에도 우스꽝스러웠다. 두 달간 애지중지하며 길러 왔는데 이렇게 허망하게…… . 눈물이 앞을 가렸다.

무거운 발걸음으로 미용실을 찾았다. 의자에 앉아 눈을 감고 묵묵히 기다렸다. 얼마 후 눈을 뜨고 거울을 보니 피눈물이 쏟아졌다.

학교에 도착하였다. 교실에 들어서니 아이들은 내 머리를 보고 웃음을 참지 못하였다. '어찌 이런 일이…… .' 스타일 완전히 구겼다. 내일은 어떻게 학교에 가지, 또 그다음 날은! 머리에 물을 듬뿍듬뿍 줘서 어서어서 빨리빨리 자라게 해야겠다.

오늘은 스타일 완전히 구긴 슬프고도 가슴 아픈 하루였다.

'풀'과 우리 반의 짧은 만남

신현미 · 학생

11월 3일, 담임 선생님께서는 학생의 날 선물이라며 연습장과 '풀'이라고 이름 붙인 화초를 우리에게 선물하셨다. 선생님께서는 우리 반 아이들이 '풀'이 자라는 것을 보며 뭔가 희망이 자라는 것을 보았으면 좋겠다는 마음으로, 거금 3,000원을 주고 '풀'을 사 왔다고 하셨다. 하지만 친구들은 이런 선생님의 뜻을 아는지 모르는지 알 수 없었다.

대부분의 친구들이 '풀'이라는 이름을 썩 마음에 들어 하지 않았지만 '풀'은 자연스럽게 우리 반의 마스코트가 되었다. 그 후로 '풀'은 우리 반 친구들의 애정과 보살핌 속에서 잘 자라고 있었다.

그런데 어느 때부턴가 아이들의 관리가 소홀해지는가 싶더니 '풀'의 건강 상태가 점점 나빠지기 시작했고, 끝내 '풀'은 우리 교실을 떠나 교무실로 옮겨졌다. 그 후 우리 반 아이들은 '풀'이 죽었는지 살았는지 알 수 없었다.

　그렇게 시간이 지났고, 어느 날 공개적으로 '풀'의 죽음이 알려졌다. 이 사실이 알려졌을 때는 이미 선생님께서 우리 반 아이들에게 상의 한마디 없이 혼자서 '풀'의 장례식을 치르신 후였다. 그래서 '풀'은 지금 학교 뒷산 어딘가에 묻혀 있다.

　'풀'이 죽었다는 소식을 접한 우리 반 아이들은 '풀'의 죽음을 불쌍히 여겼고, 이게 다 주인을 잘못 만난 탓이라고 생각했다. 우리들은 '풀'이 언제 죽었는지도 확실히 모른 채 '풀'이 죽었다는 소식을 들어야만 했다. ('풀'을 마지막까지 본 사람은 선생님이다. 혹시 선생님의 관리가 소홀해서 '풀'이 죽은 게 아닐까?)

　선생님께서는 우리들에게 희망이 자라는 것을 보여 주고 싶었는데 그러지 못해서 아쉽다고 하셨다. 우리들은 짧은 시간이었지만 우리 반에 마스코트가 있었다는 사실에 만족했다. 비록 '풀'은 우리 곁을 떠났지만 우리들 가슴속에는 선생님의 바람대로 작은 희망이 자라고 있을 거라고 생각한다.

내 마음의 희망등

이순원

지난봄, 초등학교 시절 담임 선생님이었던 은사님께서 정년
퇴임*을 하셨다. 강릉에 계시는 권영각 선생님.

그분을 처음 만난 건 초등학교 5학년 때의 일이었다. 전기도
들어오지 않던 오지* 마을에 그때 나이로 스물다섯 살쯤 된 새
신랑 선생님이 전근*을 오셨다. 다른 선생님들은 강릉에서 자
전거로 통근*을 했지만, 이 선생님은 전근을 오신 지 한 달 만
에 학교 옆에 방 한 칸을 얻어 들어오셨다.

강릉 시내에서 시골 학교까지 자전거를 타고 다니기가 불편
해서가 아니었다. 지금도 고등학교와 대학교의 입시 열풍이
대단하지만, 그때는 중학교까지 입학시험을 봐서 들어가던 때

• 정년 퇴임 학교나 관청에서 근무하는 사람이 정해진 나이에 직책이나 임무에서 물러나는 것.
• 오지 도회에서 멀리 떨어져 사람이 많이 살지 않는 변두리나 깊은 곳.
• 전근 근무하는 곳을 옮김.
• 통근 집에서 직장에 근무하러 다님.

라 도시의 6학년 아이들은 거의 모두 입시 과외를 했다. 강릉 시내의 초등학교 6학년 아이들도 그랬다.

그렇지만 나와 친구들에게 '과외'는 꿈조차 꿀 수 없는 다른 세상의 이야기였다. 선생님은 낙후된 벽촌°에서 도시의 아이들보다 상대적으로 불리한 여건에서 공부를 하는 우리를 위해 일부러 전기도 들어오지 않는 마을에 들어와 신혼살림을 차린 것이다.

그때 우리가 배운 것은 단순히 학교 공부만이 아니었다. 선생님이 우리에게 가르쳐 주신 것은 '자신감'이었다. 공부에 대한 자신감이 아니라 앞으로 어른이 되어 세상을 살아가는 동안 어디 나가서도 기죽지 않고 자신의 뜻을 펼칠 자신감을 어린 가슴마다에 심어 주셨다.

가난한 시골 마을이다 보니 한 학년에 쉰 명쯤 되는 아이들의 3분의 1은 가정 형편상 중학교 진학을 포기해야만 했다. 우리가 6학년이 되었을 때, 학기 초부터 선생님은 한 명의 제자라도 더 중학교에 보내려고 논둑으로 밭둑으로 아이들의 부모를 찾아다니며 설득했다. 어떤 집은 십 리 길을 세 번 네 번 찾아가기도 했다. 그런 선생님 덕에 우리 반은 우리 한 해 위나 한 해 아래 반보다 더 많은 아이들이 중학교에 갈 수 있었다.

어둠이 깔리기 시작하면 우리 책상 위에는 등잔불이, 선생님

° 벽촌 외따로 떨어져 있는 구석진 마을.

책상 위에는 작은 남포등*이 불을 밝혔다. 선생님 책상 위에 불을 밝히던 남포등에는 '희망등'이라는 글자가 새겨져 있었다. 아마도 그 남포등을 만든 사람은 그 등이 단순히 어둠을 밝히는 것만이 아닌 희망을 비춰 주는 것이 되기를 바랐던 게 아닌가 하는 생각이 든다.

그 이름 탓인지 우리는 자연스럽게 그 남포를 '희망등'이라고 부르고, 선생님을 '희망등 선생님'이라고 불렀다. 그때 선생님은 공부뿐 아니라 선생님의 별명 그대로 우리에게 앞날에 대한 '희망'과 '내일'을 가르쳐 주신다는 것이 어린 마음에도 가늠이 되었기 때문이다.

사람들은 지금 내가 소설을 쓰고 있으니까 어린 시절부터 문학적 소양* 같은 것이 반짝반짝했을 거라고 생각하는 것 같다.

그러나 겸손의 말이 아니라, 나는 대학에 입학하기 전까지 단 한 번도 백일장 같은 곳에 나가 상을 받아 본 적이 없다. 초등학교 시절엔 초등학교 시절대로 그랬고, 중고등학교 시절엔 중고등학교 시절대로 그랬다. 나는 언제나 그런 상으로부터 멀찌감치 떨어져 있던 아주 평범한 소년이었다.

• 남포등 석유를 넣은 그릇의 심지에 불을 붙이고 유리로 만든 등피를 끼운 등.
• 소양 평소 닦아 놓은 학문이나 지식.

5학년 2학기 때의 일이다. 나는 교내 백일장에서는 물론 군 대회같이 큰 백일장에 나가서도 매번 떨어지기만 했다. 그때도 역시나 군 대회에 나가 아무 상도 받지 못하고 빈손으로 돌아온 다음이어서 어린 마음에도 나는 참으로 크게 낙담*을 했다. 선생님은 그런 나와 학교 운동장가에 있는 커다란 나무 아래에 나란히 앉아서 이런 말씀을 하셨다.

"지금은 단풍이 한창이지만 봄에는 나무에서 꽃이 피지?"

"예."

"너희 집에는 어떤 꽃나무가 있니?"

"매화나무도 있고, 살구나무도 있고, 배나무도 있어요."

"그래. 그러면 매화나무 예를 한번 들어 보자. 같은 매화나무에도 먼저 피는 꽃이 있고, 나중에 피는 꽃이 있지?"

"예."

"그러면 먼저 핀 꽃과 나중에 핀 꽃 중에 열매를 맺는 건 어느 꽃일까?"

나는 얼른 대답하지 못했다. 그러자 선생님이 말씀하셨다.

"매화나무는 나무들 가운데서도 이른 봄에 빨리 꽃을 피우는 나무란다. 그런 매화나무 중에서도 다른 가지보다 더 일찍 피는 꽃이 있지. 다른 가지에서는 아직 꽃이 피지 않았는데 한 가지에서만 일찍 꽃이 피면 그 꽃은 사람들의 눈길을 끌게 마련이지. 그렇지만 선생님이 보기에 그 나무 중에서 제일 먼저

---

* 낙담 너무 놀라 간이 떨어지는 듯하다는 뜻으로, 바라던 일이 뜻대로 되지 않아 마음이 몹시 상함.

핀 꽃들은 대부분 열매를 맺지 못하더라. 제대로 된 열매를 맺는 꽃들은 늘 더 많은 준비를 하고 뒤에 피는 거란다."

"······."

"이번 군 대회에 나가서 아무 상도 받지 못하고 오니까 속이 상하지?"

"예."

"그래서 이렇게 기운이 없고?"

"······."

차마 그렇다고 대답은 할 수가 없었다. 선생님 얼굴도 바라볼 수가 없어 나는 그저 고개를 떨어뜨리고 가만히 땅바닥만 내려다보고 있었다.

"나는 네가 그렇게 어른들 눈에 보기 좋게 일찍 피는 꽃이 아니라, 이다음에 큰 열매를 맺기 위해 천천히 피는 꽃이라고 생각한다. 너는 지금보다 어른이 되었을 때 더 큰 재주를 보일 거야."

그때는 그 말의 의미를 정확하게 몰랐다. 그러나 뭔가 조금은 알 것 같기도 했다. 선생님은 덧붙여 이다음에 꼭 좋은 글을 쓰는 작가나 시인이 되고 싶다면, 그때 남들보다 더 큰 열매를 맺기 위해서라도 지금은 책을 많이 읽으라고 하셨다.

"선생님은 이다음 네가 꼭 큰 작가가 되어 선생님도 네가 쓴 책을 읽게 될 거라고 믿는다. 너는 일찍 피었다가 지고 마는 꽃이 아니라 남보다 조금 늦게, 그렇지만 큰 열매를 맺을 꽃이라고 믿는다. 선생님이 보기에 너는 클수록 점점 더 단단해지는 사람이거든."

아마 그때부터였을 것이다. 나는 닥치는 대로 집과 학교에 있는 책을 읽었고, 초등학교를 졸업할 때까지 그 의미를 제대로 이해하든 이해하지 못하든 당시 삼중당에서 나온 『한국 문학 대계』 열두 권짜리 두꺼운 책들을 다 읽어 냈던 것이다. 어른들이 읽는 『삼국지』도 초등학교 시절 몇 번을 읽었는지 모른다.

나는 지금도 어린 시절의 독서가 내 작가 생활의 가장 큰 자양˚이 되고 있다고 생각한다.

나에게만 그랬던 것이 아니라, 저마다 방법이 달랐지만 우리 친구들 모두 그 '희망등 선생님'에게 그런 사연 하나씩은 가지고 있다.

너는 손재주가 참 대단하구나, 또 너는 이런 것을 잘하는구나, 그리고 너는 또 저런 것을 참 잘하는구나…….

또 집안이 가난해 중학교를 가지 못하는 아이에겐, 지금은 집안이 가난해 중학교를 가지 못해도 너는 부지런하니까 이 부지런함만 잃어버리지 않는다면 어른이 되어서도 큰 부자로 살 거다, 하고 선생님은 우리들 하나하나에게 그런 말씀으로 용기를 주셨다.

나는 스물한 살 때부터 본격적으로 작가 수업을 했다. 그러다 보니 신춘문예˚에만도 열 번 넘게 떨어졌다. 처음 몇 해 동

˚자양 몸의 영양을 좋게 하는 성분이 많은 물질.

안은 아직 내 공부가 모자라니까 하는 생각으로 버틸 수 있었지만 떨어지는 햇수가 계속되다 보니 중간중간 이것이 정말 내가 가야 할 길인가 하는 회의가 들 때도 많았다. 혹시 재주도 없이 열정만 믿고 이 길로 나선 게 아닌가 싶은 불안감이 들었던 것이다.

그때 다시 힘을 내라는 좋은 얘기들과 격려도 많았지만, 이런저런 회의로 불안한 나를 다시 책상에 불러 앉혀 더욱더 치열한 습작* 생활을 하게 했던 것은 어린 시절 그 나무 아래에서 들었던, '너는 제대로 열매를 맺을 큰 꽃이 될 거다.'라는 선생님의 말씀 한마디였다. 내가 이제 그만 그 자리에 주저앉고 싶을 때마다 그 말씀이 또 한 번의 희망과 오기*를 가지게 했다.

내가 작가가 되었을 때, 또 작가 생활을 하며 이런저런 문학상을 받게 되었을 때 가족 다음으로 가장 먼저 전화를 드리는 분도 바로 내 어린 시절의 '희망등 선생님'이시다.

그 선생님은 나에게만이 아니라 나와 함께 선생님 댁을 찾아뵈었던 우리 집 아이에게도 인생에 큰 힘이 될 만한 가르침을 주셨다.

아이가 초등학교 4학년 때 내가 선생님께 약주*를 대접하는

• 신춘문예 해마다 봄에 신문사에서 아마추어 작가들을 대상으로 벌이는 문예 경연 대회. 작가 등단 제도의 하나.
• 습작 시, 소설, 그림 등의 작법이나 기법을 익히기 위하여 연습 삼아 짓거나 그려 봄.
• 오기 능력은 부족하면서도 남에게 지기 싫어하는 마음.
• 약주 '술'을 점잖게 이르는 말.

옆에 앉아 있다가 조심스럽게 말을 꺼냈다.

"우리 아빠를 이렇게 훌륭하게 키워 주신 아빠 선생님께 저도 술을 한잔 따라 드리고 싶습니다."

이 말을 들은 선생님께서 우리 아이에게 이렇게 말씀해 주셨다.

"선생님은 네가 다니는 학교의 선생님이 아니어서 네가 공부를 잘하는지 못하는지는 알 수가 없다. 그렇지만 선생님이 보기에 너는 나이가 어린데도 인사성이 밝고, 또 이렇게 어른들을 즐겁게 해 주는 마음도 넓은 걸 보니 이다음에도 많은 사람들이 너를 좋아하겠구나. 그리고 너도 많은 사람들의 마음을 즐겁게 해 주는 아주 좋은 사람이 되겠구나."

내가 보기에 우리 아이도 그날 선생님의 말씀을 듣고 큰 자신감을 얻은 듯했다. 앞으로 자신이 사람을 어떻게 대해야 할지를 그날 그 말씀 한마디로 완전하게 배운 듯했다. 또 그것이 아이에게 어떤 일에서든 늘 자신감을 주는 것 같았다. 그때 선생님이 아이에게 말씀하셨던 것도 바로 자신감에 대해서였다.

"다른 아이들이라면 그러고 싶은 생각이 있어도 이렇게 말하기가 쉽지 않은데, 아빠 선생님에게 술을 따라 드리고 싶다고 말하는 것도 큰 자신감이란다. 이 자신감만 가지면 너는 이 세상에서 어떤 일을 해도 다 잘할 수 있을 것이다."

사람이 어린 시절 누구에게 어떤 말을 듣느냐에 따라 달라질 수 있다는 걸 나는 어린 시절 내 모습에서도 보고, 지금 중학교 3학년이 된 내 아들의 모습에서도 본다. 같은 선생님께 받은 가르침으로 인해서.

이순원 1957~

소설가. 강원도 강릉에서 태어났다. 강원대학교 경영학과를 졸업했다. 1988년 『문학사상』에 소설을 발표하며 작품 활동을 시작했다. 소설집 『그 여름의 꽃게』 『얼굴』 『말을 찾아서』, 장편소설 『수색, 그 물빛 무늬』 『순수』 『19세』 『아들과 함께 걷는 길』, 산문집 『은빛낚시』 『길 위에 쓴 편지』 등이 있다.

어느 날 자전거가 내 삶 속으로 들어왔다

성석제

초등학교 6학년 겨울, 추첨으로 중학교를 배정받고 보니 읍내에 둘 있는 중학교 중 공립이었고 아버지와 형이 졸업한 전통 있는 학교였다. 문제는 초등학교 때처럼 걸어서 다니기는 힘든 거리라는 점이었다. 버스가 다니지 않았고 자가용은 물론 없었다.

내 고향은 분지*여서 산으로 둘러싸인 읍내는 평탄했고 집집마다 자전거가 없는 집이 없었다. 그렇긴 해도 아이들을 위해 자전거를 사 주는 부모는 극소수였다. 대부분의 아이들은 성인용 자전거의 삼각 프레임* 사이에 다리를 집어넣고 페달을 밟아서 앞으로 진행하는, 곡예를 연상케 하는 자세로 자전거를 탔다. 나는 그런 아이들이 부럽기도 하고 경망스러워* 보이

• 분지 산이나 높은 땅으로 둘러싸인 너른 땅.
• 프레임(frame) 자동차, 자전거 따위의 뼈대. 틀.
• 경망스럽다 하는 짓이 점잖지 못하고 방정맞다.

기도 해서 운동 신경이 둔하다는 핑계로 자전거를 탈 생각을 하지 않고 있었다. 그러나 이젠 선택의 여지가 없었다.

내가 자전거를 배우기 위해 큰집에서 빌린 자전거는 읍내로 출퇴근하는 아버지의 자전거보다 더 무겁고 짐받이가 큰 '농업용' 자전거였다. 그 대신 자전거가 아주 튼튼해서 자전거를 배우자면 꼭 거쳐야 하는, '꼬라박기*'를 무난히 감당해 낼 수 있을 듯 보였다. 내 몸이 그걸 견뎌 낼 수 있을지, 내 마음이 그 창피함을 견뎌 낼 수 있을지 의문스럽긴 했지만.

나는 오전에 자전거를 끌고 사람이 없는 운동장으로 갔다. 시멘트 계단 옆에 자전거를 세운 뒤 안장에 올라가서 발로 연단*을 차는 힘으로 자전거의 주차 장치가 풀리면서 앞으로 나가도록 했다. 바퀴가 두 번도 구르기 전에 자전거는 멈췄고 나는 넘어졌다. 같은 식의 시행착오*가 수백 번 거듭되었다. 정강이*와 허벅지에 멍 자국이 생겨났고 팔과 손의 피부가 벗겨졌다. 나중에는 자전거를 일으키는 일조차 힘이 들었다. 마지막으로 쓰러졌을 때 어둠이 다가오고 있는 걸 알고는 막막한 마음에 자전거 옆에 한참 누워 있다가 일어났다.

동네로 돌아오는 길에는 50미터쯤 되는 오르막이 있었다. 오르막에 올라가서 숨을 고르다가 문득 내리막을 달려 내려가면

• 꼬라박다 거꾸로 내리박다.
• 연단 연설이나 강연을 하는 사람이 올라서는 단.
• 시행착오 어떤 일을 해내려다가 실패를 겪는 것.
• 정강이 무릎 아래에서 앞 뼈가 있는 부분.

자전거를 쉽게 탈 수 있지 않을까 하는 생각이 들었다. 내리막 아래쪽은 길이 휘어 있었고 정면에는 내가 어릴 적 물장구를 치고 놀던 도랑이 기다리고 있었다. 그리고 그 옆에는 다음 해 봄에 거름으로 쓸 분뇨를 모아 두는 '똥통'이 있었다. 내가 자전거를 통제하지 못하게 된다면 결말은 단순했다. 운 좋으면 도랑, 나쁘면 똥통.

그럼에도 불구하고 나는 돌을 딛고 자전거에 올라섰다. 어차피 가지 않으면 안 될 길. 나는 몸을 앞뒤로 흔들어 자전거를 출발시켰다. 자전거는 앞으로 나아가기 시작했다. 페달을 밟지 않고도 가속이 붙었다. 나는 난생처음 봄을 맞는 장끼처럼* 나도 모를 이상한 소리를 내지르며 자전거와 한 몸이 되어 달려 내려갔다. 가슴이 터질 듯 부풀었고 어질어질한 속도감에 사로잡혔다. 어느새 내 발은 페달을 차고 있었고 자전거는 도랑과 똥통 옆을 지나고 있었다. 나는 삽시간에 어른이 된 기분으로 읍내로 가는 길을 내달렸다.

그날 나는 내 근육과 뇌에 새겨진 평범한, 그러면서도 세상을 움직여 온 비밀을 하나 얻게 되었다. 일단 안장 위에 올라선 이상 계속 가지 않으면 쓰러진다. 노력하고 경험을 쌓고도 잘 모르겠으면 자연의 판단 — 본능에 맡겨라.

그 뒤에 시와 춤, 노래와 암벽 타기, 그리고 사랑이 모두 같은 원리에 따라 움직인다는 것을 나는 깨달았다. 비록 다 배웠

* 봄을 맞는 장끼처럼 번식기를 맞이한 수꿩이 울음소리를 내는 것처럼.

다, 다 안다고 할 수 있는 것 없지만.

성석제 1960~
소설가. 경북 상주에서 태어났다. 연세대학교 법학과를 졸업했다. 1994년 소설집 『그곳에는 어치구니들이 산다』를 펴내면서 소설을 쓰기 시작했다. 소설집 『황만근은 이렇게 말했다』 『어머님이 들려주시던 노래』 『이 인간이 정말』, 장편소설 『왕을 찾아서』 『순정』 『투명인간』, 산문집 『소풍』 『농담하는 카메라』 『칼과 황홀』 『꾸들꾸들 물고기 씨, 어딜 가시나』 등이 있다.

선물

성석제

선물을 주고받는 문화를 낳는 터전은 유목적*이고 도시적인 환경일 터인데 내가 태어나 자란 곳은 정착민, 농경의 세계였다. 오늘이 내일 같고 내일이 어제 같아서 좀처럼 변하지 않는 풍경, 관계, 면면*에서는 선물을 주고받을 일이 없었다. 식구끼리 선물을 주고받는다는 건 상상할 수도 없었다.

그렇지만 나는 선물을 받은 적이 있다. 그것도 아버지에게서. "이건 네(게 주는) 선물."이라고 아버지가 말했기 때문에 그건 선물이 되었다. 개였다. 정확하게는 강아지였다.

아버지는 어느 날 점퍼 속에 강아지 한 마리를 넣어 왔다. 난 지 며칠이나 지났을까. 호떡을 싸는 종이 봉지에 들어갈 수 있을 정도로 작았다. 어린 시절 내게 개는 닭처럼 잡아먹지는 않

• 유목적 일정한 거처를 정하지 아니하고 물과 풀밭을 찾아 옮겨 다니면서 목축을 하여 사는 것과 같은.
• 면면 여러 면. 또는 각 방면.

는다고 하더라도 닭 이상으로 좋아할 것도 없는 동물이었다. 중학교 2학년 때 서울이라는 유목적이고 도시적인 환경으로 전학 온 내게 아버지가 선물이라며 준 강아지는 내가 그때까지 보아 온 가축이 아니라 처치 곤란하고 '낯선 것'이었다. 그 이전에는 물론 그 뒤로 아버지는 한 번도 내게 선물을 준 적이 없다.

겨울밤이었고 아버지가 일평생 처음으로 선물이라며 종이 봉지 속에 든 강아지를 내게 줄 때 술 냄새가 났다. 나는 종이 봉지 속 강아지의 목덜미를 붙들어 현관 바깥 종이 상자 속에 내려놓았다. 가축은 집 안에 들일 수 없는 게 원칙이었다. 그때까지만 해도 나는 강아지를 선물로 생각하지 않았다. 아버지가 많은 식구 중 내게 주는 선물이라고 했지만 아버지가 그날 밤 집에 들어오면서 부딪친 첫 번째 식구가 내가 아니라 다른 사람이었다면 그의 선물이 되었을 가능성이 크다고 여겼다. 하지만 기분은 묘했다. 어쨌든 아버지에게서 처음 받은 선물이었으니까.

한밤중에 나는 선물이 우는 소리에 잠을 깼다. 내 옆, 옆과 그 옆, 그 옆에 자고 있는 그 누구도 잠을 깨거나 일어나지 않았다. 방을 나가서 바깥에 있는 화장실로 가기 위해 문을 열었을 때 선물이 우는 소리가 더욱 크게 들렸다. 사실 오줌이 마려웠던 것도 아니었다. 선물이 어떤 상태인지 알고 싶었던 것이었다. 그건 다리를 덜덜 떨며 낑낑거렸다. 나는 배가 고파서 우는 걸로 알았다. 부엌에 뭐가 있는지 몰라서 뭘 가져다줄 수

없었다. 나는 그날 저녁 내 몫으로 받고 아껴 먹다 남겨 둔 백설기˚를 가지고 나왔다. 접시에 물을 담아 백설기와 함께 큰맘 먹고 내밀었다. 선물은 내 선물에 관심이 전혀 없었다. 그저 낑낑거리며 다리를 떨며 울 뿐이었다. 나는 무시당한 데 대해 화가 났다. 선물을 철회했다.˚ 백설기를 집어 들면서도 물은 그냥 두었다. 울다 보면 목이 멜지도 모르고 물은 그럴 때 먹으면 되니까.

방으로 돌아와 누웠을 때에도 선물의 울음소리는 계속해서 들려왔다. 천둥 치듯 아버지는 코를 골았지만 선물의 가느다란, 여린 낑낑거림은 정확하게 나의 청각을 자극하고 잠 못 들

• 백설기 멥쌀가루를 고물이 없이 시루에 안쳐 쪄 낸 떡.
• 철회하다 이미 제출하였던 것이나 주장하였던 것을 다시 회수하거나 번복하다.

게 했다. 결국 다시 밖으로 나갔다. 철회했던 선물을 다시 주고 그 옆에 쭈그리고 앉았다. 선물의 머리를 쓰다듬기 시작하자 울음이 그쳤다. 선물은 너무 어려서 백설기를 먹을 수 없었다. 물을 마시지도 않았다. 다만 관심과 연민에 반응할 수 있을 뿐이었다.

관심과 연민의 공급이 중단되면 즉시 울음이 시작됐다. 결국 나는 내복 바람으로 날이 밝아 오는 것을 보았다.

아버지는 강아지를 선물했다. 나는 강아지에게 백설기를 선물했다. 밤이 아침을 선물하듯 강아지는 내게 난생처음 경험하는 연민의 감정을 선물했다.

엄마의 눈물

◗

장영희

　유학을 마치고 돌아온 지 10여 년이 지났지만, 그때 가져온 짐 보따리가 차일피일 미루다 보니 그대로 다락방에 방치되어 있었다.

　어제는 불가피하게 미국 대학에서 썼던 자료들을 꺼내야 할 일이 있어 10년 묵은 짐을 정리하는데, 다락 한구석에 '영희 짐'이라고 커다랗게 매직펜으로 쓰인 상자가 눈에 띄었다.

　내가 유학 간 사이에 이 집으로 이사를 오면서 어머니가 내가 쓰던 물건들을 정리해 놓아 둔 상자였다. 고등학교나 대학 때 친구들과 주고받았던 편지, 노트, 시험지 등등 태곳적* 물건들 가운데 아주 낡은 와이셔츠 갑 하나가 끼어 있었다.

　열어 보니 신기하게도 초등학교에 다니던 때의 물건들이 담겨 있었다. 어렴풋이 생각나는 것이, 어렸을 때 '생명'보다 더

●태곳적 아주 먼 옛날.

아낀다고 생각했던 보물 상자였다. 동생들과 싸워 가면서 모았던 예쁜 구슬병, 이런저런 상장들, 내가 좋아했던 만화가 엄희자, 박기준, 김종래 씨들의 만화를 흉내 내 그린 그림들, 그리고 맨 바닥에는 '3학년 7반 47번 장영희'라고 쓰인 일기장이 있었다.

호기심에 일기장을 대충 훑어보았다. 초등학교 3학년생이 썼다고 믿어지지 않을 만큼 꽤 세련된 필체로(오히려 지금 나는 악필로 소문나 있다) '동생 태어난 날—앗, 또 딸이다!', 'M&M 초콜릿 전쟁', '이 세상에서 제일 미운 애' 등 재미있는 제목들이 눈에 띄었다.

나는 짐 푸는 것을 잠깐 접어 두고 본격적으로 일기를 읽어 나가기 시작했다. 30여 년이라는 세월이 무색할* 정도로 작고 어둡던 다락방이 갑자기 열 살짜리 소녀의 꿈과 희망으로 환해지는 것 같았다.

일기는 매번 '이제는 동생과 사이좋게 놀아야지.', '다음번엔 벼락 공부를 하지 말아야지.' 등 '해야지'라는 결의로 끝나고 있었다. '결의'는 곧 '실행'이라고 생각하는 순진무구함이 재미있어 계속 일기를 넘기는데, 문득 12월 15일자의 '엄마의 눈물'이라는 제목이 눈에 들어왔다.

오늘 아침에도 엄마가 연탄재 부수는 소리에 잠이 깼다. 살짝 문

• 무색하다 본래의 특색을 드러내지 못하고 보잘것없다.

을 열고 보니 밤새 눈이 왔고 엄마가 연탄재를 바께스에 담고 계셨다. 올해는 눈이 많이 와서 우리 집 연탄재가 남아나지 않겠다. 학교 갈 때 엄마가 학교까지 몇 번 왔다 갔다 하면서 깔아 놓은 연탄재 때문에 흰눈 위에 갈색 선이 그어져 있었다. 그 위로 걸으니 별로 미끄럽지 않았다. 하지만 올 때는 내리막길인 데다 눈이 얼어붙는 바람에 너무 미끄러워 엄마가 나를 업고 와야 했다. 내가 너무 무거웠는지 집에 닿았을 때 엄마는 숨을 헐떡거리고 이마에는 땀이 송송 나 있었다. 추운 겨울에 땀 흘리는 사람!―바로 우리 엄마다. 그런데 나는 문득 엄마의 이마에 흐르는 그 땀이 눈물같이 보인다고 생각했다. 나를 업고 오면서 너무 힘들어서 우셨을까. 아니면 또 '나 죽으면 넌 어떡하니.' 생각하면서 우셨을까. 엄마 20년만 기다려요. 소아마비는 누워 떡 먹기로 고치는 훌륭한 의사 되어 내가 엄마 업어 줄게요.

일기를 보면서 입에는 미소가, 눈에는 눈물이 돌았다. 꿈을 이루는 데 '누워 떡 먹기'라는 표현을 쓰는 열 살짜리 어린아이의 세상에 대한 믿음이 재미있어 웃음이 났고, 학교에 가기 위해 모녀가 매일매일 싸워야 했던 그 용맹스러운 투쟁이 새삼 생각나 눈물이 났다.

돌이켜 보면 학창 시절, 내게 '학교에 간다'는 말은 문자 그대로 '간다'의 문제였다. 우리 집은 항상 내가 다니는 학교 근처로 이사를 하여 학교에서 고작 2, 3백 미터 정도의 거리였지만, 그것도 내게는 버거운 거리였다. 게다가 비나 눈이라도 오는 날은 학교에 가는 일이 그야말로 필사적*인 투쟁이었다.

아침마다 우리 여섯 형제는 제각각 하루의 시작을 위해 대전쟁을 치렀는데, 어머니는 항상 내 차지였다. 다리 혈액 순환이 잘되라고 두꺼운 솜을 넣어 직접 지으신 바지를 아랫목에 넣어 따뜻하게 데워 입히시는 일부터 시작하여 세수, 아침 식사, 그리고 보조기를 신기시는 일까지, 그야말로 완전 무장을 하고 나서 우리 모녀는 또 '학교 가기' 전투를 개시하는 것이었다.

초등학교 3학년 때까지 어머니는 나를 업어서 데려다주셨지만, 그것으로 끝나는 게 아니었다. 화장실에 데려가기 위해 두 시간에 한 번씩 학교에 오셔야 했다.

그때 일종의 신경성 요로증 같은 것이 있었던지, 어머니가 오시면 가고 싶지 않던 화장실도 어머니가 일단 가시기만 하면 갑자기 급해지는 것이었다. 때문에 어머니는 항상 노심초사,* 틈만 나면 학교로 뛰어오시곤 했다.

어머니와 내가 함께 걸을 때면 아이들이 쫓아다니거나 놀리거나 내 걸음을 흉내 내곤 하였다. 지금 생각하면 신기하게도 초등학교에 들어갈 즈음에는 이미, 철이 없어서였는지 아니면 그 반대였는지, 적어도 겉으로는 그것을 무시할 수 있었다. 오히려 보조기 구둣발 소리를 크게 내며 앞만 보고 걷곤 했다.

그러나 어머니는 쉽사리 익숙해지지 못하셨다. 아이들이 따

• 필사적 어떤 일을 해내려고 죽을힘을 다하는.
• 노심초사 아주 애태우며 걱정하는 것.

라올 때마다 마치 뒤에서 누가 총이라도 겨누고 있는 듯, 잔뜩 긴장한 채 머리를 꼿꼿이 쳐들고 걸으시다가 어느 순간 홱 돌아서 날카롭게 "그만두지 못해! 얘가 너한테 밥을 달라든, 옷을 달라든!" 하고 말씀하시곤 하셨다.

언제나 조신하고* 말 없는 어머니였지만, 기동력* 없는 딸이 이 세상에 발붙일 수 있는 자리를 마련하기 위해서는 목숨 바쳐 싸워야 한다고 생각한 억척스러운* 전사였다. 눈이 오면 연탄재를 깔고, 비가 오면 한 손으로는 딸을 받쳐 업고 다른 한 손으로는 우산을 든 채 딸의 길과 방패가 되는 어머니의 하루하루는 슬프고 힘겨운 싸움의 연속이었다.

그뿐인가, 걸핏하면 수술을 하고 두세 달씩 있어야 했던 병원 생활, 상급 학교에 갈 때마다 장애를 이유로 입학시험 보는 것조차 허락하지 않던 학교들……. 나 잘할 수 있다고, 제발 한 자리 끼워 달라고 애원해도 자꾸 벼랑 끝으로 밀어내는 세상에 그대로 악착같이 매달릴 수 있었던 것은 어머니 때문이었다.

어머니는 내 앞에서 한 번도 눈물을 흘리신 적이 없었고, 그것은 이 세상의 슬픔은 눈물로 정복될 수 없다는 말 없는 가르침이었지만, 가슴속으로 흐르던 '엄마의 눈물'은 열 살짜리 딸조차도 놓칠 수 없었다.

---

* 조신하다 몸가짐이 조심스럽고 얌전하다.
* 기동력 필요할 때 재빨리 움직일 수 있는 힘.
* 억척스럽다 어렵고 힘든 일을 해 나가는 태도가 모질고 끈질기다.

'신은 모든 곳에 있을 수 없기에 어머니를 만들었다.' 어디선가 본 책의 제목이다. 오늘도 어디에선가 걷지 못하거나 보지 못하는 자식을 업고 눈물 같은 땀을 흘리며 끝없이 층계를 올라가는 어머니, "나 죽으면 어떡하지!" 하며 깊이 한숨짓는 어머니, '정상'이 아닌 자식의 손을 잡고 다른 사람들의 눈총을 따갑게 느끼며 머리를 꼿꼿이 쳐들고 걷는 어머니, 이 용감하고 인내심 많고 씩씩하고 하느님 같은 어머니들의 외로운 투쟁에 사랑과 응원을 보내며 보잘것없는 이 글을 나의 어머니와 그들에게 바친다.

막내의 야구 방망이

정진권

어느 날 퇴근을 해 보니 막내의 친구 애들 7, 8명이 마루에 둘러앉아 있었다. 초등학교 5학년 개구쟁이들, 그러나 개구쟁이답지 않게 조용했다. 그중엔 처음 보는 아이도 있었다.

그날 저녁에 막내는 야구 방망이 하나만 사 달라고 졸랐다. 조르는 대로 다 사 줄 수는 없는 일이지만 너무도 간절히 원하기 때문에 나는 사 주마고 약속을 했다. 그리고 다음 날 퇴근을 할 때 방망이 하나를 사다 주었다.

그다음 날부터 막내는 집에 늦게 들어왔다. 어떤 때는 하늘에 별이 떠야 방망이에 장갑을 꿰어 메고 새카만 거지 아이가 되어 돌아오는 것이다. 그러고는 한 사흘을 굶은 놈처럼 밥을 퍼먹는다.

"왜 이렇게 늦었니?"

"야구 연습 좀 하느라고요."

"이 캄캄한 밤에 공이 보이니?"

막내는 말이 없었다.

"또 이렇게 늦으면 혼날 줄 알아."

그러나 그다음 날도 여전히 늦었다. 나는 적이* 걱정스러웠다. 초등학교 5학년짜리들이 야구를 한다면 그건 취미 활동에 불과한 것이다. 그런데 무엇에 쏠려서 별이 떠야 돌아오는 것일까?

"왜 또 이렇게 늦었니?"

막내는 또 말이 없었다.

"말 못 하겠니?"

그러자 막내가 겨우 입을 열었다.

"내일모레가 시합이에요."

"무슨 시합?"

"5학년 각 반 대항 시합인데 우리가 꼭 이겨야 해요."

그때 막내의 얼굴에는 너무도 진지한 빛이 떠올랐기 때문에 더는 무어라고 야단을 칠 수가 없었다.

"그럼 시합 끝나면 일찍 오지?"

"예."

그런데 시합 날이라던 그날 막내네는 우승을 하지 못한 모양이었다. 밥도 먹는 둥 마는 둥 그냥 잠자리에 들어가 이불을 뒤집어쓰는 것이다.

나는 지나치게 승부에 민감한 것은 좋지 않을 듯해서,

* 적이 꽤 어지간한 정도로.

"다음에 또 기회가 있지 않니? 갑자기 서두르면 못써."
하고는 이불을 벗겨 주었다.

그러나 막내는 무슨 대단한 한이라도 맺힌 듯 누운 채로 면벽*을 하고 있었다.

그런데 막내는 이튿날도 또 늦었다. 나는 아무래도 이 아이가 자기 생활의 질서를 잃은 듯해서

"왜 이렇게 늦었니? 시합 끝나면 일찍 오겠다고 하지 않았니? 어떻게 된 거야 이게?"
하고 좀 심하게 나무랐다.

그제야 막내는 자초지종을 털어놓았다. 다음에 적는 것은 그 이야기의 대강이다.

막내의 담임 선생님은 마흔 남짓한 남자분이신데, 무슨 깊은 병환으로 입원을 하셔서 한 두어 달 쉬시게 되었다. 그렇게 되자 학교에서는 막내의 반 아이들을 이 반 저 반으로 나누어 붙였다. 그러니까 막내의 반은 하루아침에 해체되고 아이들은 뿔뿔이 헤어지게 된 것이다.

그런데 배치해 주는 대로 가 보니 그 반 아이들의 괄시*가 말이 아니었다. 그런 괄시를 받을 때마다 옛날의 자기 반이 그리웠다. 선생님을 졸졸 따라 소풍 가던 일, 운동회에서 다른 반 아이들과 당당하게 겨루던 일, 이런저런 자기 반의 아름다운

• 면벽 벽을 마주 대하고 앉아서 수행함. 또는 그런 일. 여기서는 '벽을 마주 보다.'의 의미.
• 괄시 업신여겨 하찮게 대함.

역사가 안타깝게 명멸하는˚ 것이다. 때로는 편찮으신 선생님
이 무척 보고 싶어서 길도 잘 모르는 병원에도 찾아갔다.

그러는 동안에 아이들은 선생님이 다 나으셔서 오실 때까지
우리 기죽지 말자 하며 서로서로 격려하게 되었고, 이러한 기
운이 팽배해지자˚ 이른바 간부였던 아이들은 자기네의 사명을
깨닫게 되었다. 그래서 몇 아이들이 우리 집에 모였던 것이고,
그 기죽지 않을 방법으로 채택된 것이 야구 대회를 주최하여
우승을 차지하는 것이었다.

연습은 참으로 피나는 것이었다. 배 속에서 꼬르륵거리는 소
리가 나도 누구 하나 배고프다는 말을 하지 않았다. 연습이 끝
나면 또 작전 계획을 세우고 검토했다. 그러노라면 어느새 하
늘에 푸른 별이 떴다.

그리하여 마침내 결승전에 진출했다. 이 반 저 반으로 헤어
진 반 아이들은 예선부터 한 사람 빠짐없이 응원에 나섰다. 그
응원의 외침은 차라리 처절한 것이었다. 그러나 열광의 도가
니˚처럼 들끓던 결승에서 그만 패하고 만 것이다.

"아빠, 우린 해야 돼. 다음번엔 우승해야 돼. 선생님이 다 나
으실 때까지 우린 누구 하나도 기죽을 수 없어."

막내는 이야기를 마치면서 이렇게 말했다. 나는 아무 말도

• 명멸하다 먼 곳에 있는 것이 보였다 안 보였다 하다. 여기서는 '있었다가 사라지다.'의 의미.
• 팽배하다 어떤 기세나 사조 따위가 매우 거세게 일어나다.
• 도가니 흥분이나 감격 따위로 들끓는 상태를 비유적으로 이르는 말.

하지 못했다. 무슨 망국민˚의 독립운동사라도 읽은 것처럼 감동 비슷한 것이 가슴에 꽉 차 오는 것 같았다. 학교라는 데는 단순히 국어, 수학이나 가르치는 데가 아니구나 하는 생각도 들었다.

이튿날 밤 나는 늦게 돌아오는 막내의 방망이를 미더운˚ 마음으로 소중하게 받아 주었다. 그때도 막내와 그 애의 친구 애들의 초롱초롱한 눈 같은 맑고 푸른 별이 두어 개 하늘에 떠 있었다. 나는 그때처럼 맑고 푸른 별을 일찍이 본 적이 없다.

• 망국민 망하여 없어진 나라의 백성.
• 미덥다 믿음성이 있다.

정진권 1935~
수필가. 충북 영동에서 태어났다. 서울대학교 국어교육과를 졸업하고 고등학교 교사, 문교부 편수관 등을 지냈다. 제1회 수필문학 신인상을 수상했다. 수필집 『비닐우산』『푸른 나무들에 저 붉은 해를』 등이 있다.

우리 할머니는 외계인

김송기 · 학생

　내가 중학교를 졸업할 무렵 할머니가 외계인으로 변했다. 외계인은 대소변을 가리지 못했으며 모두가 잠든 새벽에 시도 때도 없이 일어나 집 안을 쑥대밭*으로 만들기 일쑤였다. 온종일 가족들의 꽁무니를 쫓아다니며 놀아 달라고 칭얼대는 낯선 외계인 때문에 우리 가족은 점점 지쳐 갔다.

　할머니는 외계인이 되기 전, 그러니까 치매에 걸리기 전까지 내 기억 속에서 누구보다도 점잖고 다정하신 분이었다. 나는 어렸을 적부터 할머니와 함께 살았다. 맞벌이하시는 부모님 때문에 항상 혼자였던 나를 감싸 준 것은 할머니뿐이었다. 나는 할머니의 구수한 청국장 냄새와 할머니가 웃으실 때 눈가에 잡히는 주름, 또 할머니의 나긋나긋한 목소리를 사랑했다. 할머니는 나긋나긋한 목소리로 내가 잠들기 전에 언제나 이야

* 쑥대밭 매우 어지럽거나 못 쓰게 된 모양을 비유적으로 이르는 말.

기를 들려주셨다. 나는 할머니의 포근한 품에 안겨 할머니가 들려주시는 무궁무진한* 이야기 속에 빠져들곤 했다.

"고개를 넘어가던 엄마 앞에 갑자기 호랑이가 어홍, 하고 나타나서 말했어. 떡 하나 주면 안 잡아먹지."

"에이, 호랑이가 어떻게 말을 해요? 동물원에서 본 호랑이들은 말 못 했어요."

조그맣던 내가 할머니의 이야기 속에 끼어들어 말하면 할머니는 허허 웃으시곤 했다.

"호랑이들은 사실 말할 줄 알아. 못 하는 척 가만히 있는 거지. 그래서 엄마는 머리에 이고 있던 바구니에서 떡을 하나 꺼내서 호랑이한테 주었지. 그러자……."

할머니는 나를 꼭 껴안고 이야기를 계속하셨다. 나는 점점 희미해지는 의식 속에서 동물원의 호랑이들이 달빛 아래 춤을 추며 노래하는 모습을 상상하며 잠에 폭 빠져들었다.

언제나 내게 말하는 호랑아, 혹부리 영감의 혹을 떼 가는 도깨비와 같은 외계인들의 이야기를 해 주시던 할머니가 불현듯* 이야기 속의 외계인으로 변해 버린 것을 나는 믿기 힘들었다. 두루마리 휴지를 풀어 거실에 늘어놓는 할머니는, 내게 이야기를 들려주시던 나의 할머니가 아니었다. 할머니의 형상*

• 무궁무진하다 끝이 없고 다함이 없다.
• 불현듯 갑자기 어떠한 생각이 걷잡을 수 없이 일어나는 모양. 혹은 어떤 행동을 갑작스럽게 하는 모양.
• 형상 사물의 생긴 모양이나 상태.

을 한 외계인이었다. 나의 할머니는 어딘가 숨어 있을 것이라고, 어린 나는 그렇게 믿었다.

시간이 흘러 어느덧 나는 수험생이 되었다. 그날 나는 밤늦게까지 독서실에서 공부하고 집으로 돌아왔다. 그리고 내 방문을 여는 순간, 나는 그 자리에 주저앉고 말았다. 외계인이 내 침대 위에서 생물 교과서를 수제비 만들듯 죽죽 찢고 있었다. 8개월 동안 열심히 수업을 들으며 필기해 놓은 내 교과서가 눈앞에서 망가지고 있었다. 외계인은 뭐가 그리 좋은지 실실 웃고 있었다. 시험이 얼마 남지 않은 지금, 내게 생물 교과서는 목숨과도 같은 것이었다. 순간 저 외계인이 유에프오(UFO)로 사라져 버렸으면, 하는 생각이 들었다. 거실에 있던 엄마가 뒤늦게 "아이고, 어머님, 안 돼요!" 하고 달려왔다. 나는 두 주먹을 꾹 움켜쥐고 냅다 소리를 질렀다.

"요양원으로 가 버렸으면 좋겠어!"

나는 그대로 집 밖으로 뛰쳐나갔다. 제발 엄마가 내 말을 듣고 당장 저 외계인을 유에프오로 보내 버렸으면, 하는 바람이 울컥 터져 나와 눈물이 되어 흘러내렸다.

집 근처 놀이터 그네에 앉아 있던 내게 엄마가 다가왔다. 밤 공기가 제법 쌀쌀했다. 엄마는 모래를 밟고 내 옆에 있는 그네에 와 앉았다. 하늘에는 별이 가득 떠 있었다.

"화 많이 났니?"

나는 아무 말 없이 고개를 푹 숙였다. 엄마가 주머니에서 무언가 꺼내어 내게 쑥 내밀었다. 어린 내가 할머니 품에 안겨 잠

들어 있는 모습이 담긴 사진이었다. 나는 그것을 받아 들고 엄마를 쳐다봤다. 엄마가 조용히 하늘을 바라보며 입을 열었다.

"사람은 누구나 누군가의 보살핌이 필요한 시기를 겪게 된단다. 네가 그 시기를 무사히, 행복하게 보낼 수 있었던 것은 모두 네 할머니 덕분이었어. 그리고 지금은 할머니한테 네가 필요해."

나는 엄마의 말을 듣고 다시 사진을 들여다봤다. 나를 품에 안고 행복한 웃음을 짓고 계신 할머니의 얼굴이 보였다. 그것은 외계인의 모습이 아니었다. 내가 너무나도 사랑했던 할머니의 모습이었다. 문득 그동안 할머니와 함께했던 기억들이 주마등°처럼 지나갔다. 나긋나긋한 목소리와 나를 품에 안고 지으시던 웃음, 구수한 청국장 냄새가 생생하게 느껴졌다. 콧등이 시큰해지더니 눈물이 맺혔다. 치매에 걸렸어도 할머니는 여전히 나의 가족인 것을, 나는 왜 그동안 할머니를 외계인 대

• 주마등 무엇이 언뜻언뜻 빨리 지나감을 비유적으로 이르는 말.

하듯 낯설어하고 불편해했던 걸까. 할머니한테 죄송스러운 마음이 들었다. 가족이란 본래 서로를 언제나 아끼고 보살펴 주어야 하는 존재다. 할머니가 내게 그러했듯이, 이제는 내가 할머니를 사랑으로 보살펴 드려야 한다.

나는 손등으로 눈물을 훔치고 엄마와 함께 집으로 돌아왔다. 나는 그동안 '외계인의 방'이라고 부르며 들어가지 않았던 방문을 천천히 열었다. 창문을 통해 들어온 달빛이 바닥에 깔린 이부자리 위에 누워 있는 할머니를 비추고 있었다. 나는 곤히 잠들어 있는 할머니의 품에 파고들었다. 구수한 청국장 냄새가 희미하게 맡아졌다.

"할머니, 사랑해요."

나는 나긋나긋한 목소리로 말했다. 할머니의 입가에 번진 미소가 달빛을 받아 영롱하게* 빛났다. 외계인은 어디에서도 볼 수 없었다.

* 영롱하다 광채가 찬란하다.

사막을 같이 가는 벗

양귀자

학창 시절에는 유별나게도 학년이 바뀌고 반이 바뀌어 친구들과 뿔뿔이 흩어져야 하는 신학기가 싫었다. 마음으로 간절히 원했던 친구는 거의 언제나 다른 반으로 가 버렸고, 한 반이 되지 않기를 빌고 빌었던 친구는 어김없이 한 반으로 편성되곤 하는 불행 아닌 불행 앞에서 얼마나 많이 속상해했는지 모른다.

그래서 학년이 바뀌고 처음 얼마 동안은 늘 마음을 잡지 못했다. 아침에 눈을 떠 학교에 갈 일을 생각하면 가슴 한 켠이 써늘해지곤 하던 그 느낌을 지금도 나는 선연히˚ 떠올릴 수가 있다.

특히 운동장 조회나 체육 시간 같은 때 친한 친구도 없이 외따로 떨어져 그 지겨운 시간을 견딜 생각을 하면 어디론가 도

˚ 선연히 실제로 보는 것같이 생생하게.

망가고 싶을 지경이었다. 게다가 점심시간은 또 얼마나 무렴한지,* 친하지도 않은 짝과 김치 국물 흐른 도시락을 꺼내 놓고 밥알 씹는 소리까지 서로 환히 들어 가며 밥 먹을 생각을 하면 입맛도 달아나 버렸다.

그런데 다른 아이들은 그렇지 않은 것 같았다. 가만히 살펴보면 어느새 하나둘씩 친한 친구를 만들어 저희끼리 밥도 먹고 조회 시간에도 나란히 서서 다정하게 속살거리는데,* 그 속에서 혼자만 외톨이로 빙빙 돌고 있는 아이는 나 하나뿐인 것처럼 생각되곤 했다.

그 지독한 소외감은 물론 시간이 흐르면서 조금씩 나아지기는 했다. 여름 방학을 할 때쯤이면 운동장 조회나 점심시간을 외롭게 하지 않을 단짝 한 명 정도는 발견하기 마련이니까 결국은 시간이 해결해 주기 마련이다.

그러나 역시 시간이 흐르면 신학기 또한 어김없이 다시 찾아오는 것이었다. 그러면 다시 이별과 탐색, 그리고 그 지독한 소외감에 시달리는 쓸쓸한 나날이 잊지도 않고 이어지는 것이었다.

이제는 반이 나뉘고 새로운 급우들한테서 실컷 낯섦을 맛봐야 하는 신학기 따위는 영영 내 곁에서 사라졌다. 그 대신 시기하고 미워하며, 또는 빼앗고 속이는 황폐한 세상살이에 낯

• 무렴하다 염치가 없음을 느껴 마음이 부끄럽고 거북하다.
• 속살거리다 남이 알아듣지 못하도록 작은 목소리로 자질구레하게 자꾸 이야기하다.

가림하며 사는 나날 속으로 내던져지고 말았다.

망망대해[*]를 헤매는 듯한 인생의 항해는 신학기 잠시의 외로움을 극복하는 일 따위와는 비교도 할 수 없을 만큼 두려움 가득하고 힘들다. 삶은 고난투성이고 끝없는 인내를 요구하기만 하는데, 그러나 홀로 헤치는 파도는 높고 거칠기만 한 것이다.

바로 이때에 영혼을 함께 나눌 친구가 절실히 필요해진다. 인생이란 험난한 항해를 같이 겪고 있다는 동지애의 확인, 혹은 내 삶의 따뜻한 동반자라는 느낌이 전해져 오는 친구와 같이 있는 시간에는 이 세상도 한번 살아 볼 만하다는 용기가 솟는다.

목소리만 듣고도 친구가 처해 있는 상황을 눈치채는 우정, 눈짓만 보아도 친구가 무엇을 원하는지 알아채는 우정, 그런 돈독한[*] 우정을 상호 간에 교환하고 있는 이들이라면, 그렇다면 적어도 실패한 삶은 아니라고 단정할 수 있는 것이다.

살아가면서 그런 우정을 가꾸는 이들을 종종 만난다. 비록 나의 친구는 아니지만 그 모습을 보는 일은 참 아름답다. 언젠가 친구가 사업에 실패해서 낙향하여[*] 쓸쓸히 살아가는 것을 안쓰러워하다 못해 자기도 다니던 직장을 정리하고 가족과 함께 시골로 내려가 친구 옆에서 땅을 일구는 사람을 만난 적이 있었다.

• 망망대해 한없이 크고 넓은 바다.
• 돈독하다 도탑고 성실하다.
• 낙향하다 시골로 거처를 옮기거나 이사하다.

이미 결혼하여 각각의 식솔*을 이끌고 있는 두 사람한테는 참으로 어려운 결정이었겠지만, 양쪽 집의 가족들 모두는, 한결같이 이렇게 말하는 것이었다. 냉혹한 이 세상에 대항하기 위해 두 집이 힘을 합쳤으니 얼마나 든든하냐고.

누군가는 말했다. 친구 없이 사는 일만큼 무서운 사막은 없다고. 또 누군가는 말했다. 친구 없이 사는 것은 증인 없이 죽는 일이라고.

그 말들을 새기고 있으면 불현듯 마음이 찡해 온다. 나는 지금 무서운 사막을 홀로 걷고 있는 것은 아닌지, 지금 내 삶의 의미를 설명해 줄 단 한 사람의 증인도 없이 마음을 닫고 살아가는 것은 아닌지.

하지만 우정은 상호 간의 교류이다. 일방적인 행위가 결코 아닌 것이다. 말하자면 내가 먼저 쌓아야 할 탑이고 내가 밭을 경작해서 맺어야 할 열매인 것이다. 그럼에도 불구하고 탑을 제대로 쌓는 사람, 혹은 빛깔 곱고 아름다운 열매를 맺는 사람은 참 드물다. 친구는 많지만 진정으로 벗이라 부를 만한 이는 몇이나 되는지, 그것만이라도 한 번쯤 되새겨 보며 살아야 하는 것 아닐까.

• 식솔 한 집안에 딸린 구성원. 가족.

양귀자 1955~

소설가. 전북 전주에서 태어났다. 원광대학교 국어국문학과를 졸업했다. 1978년 『문학사상』 신인상을 받으며 등단했다. 소설 『원미동 사람들』 『희망』 『나는 소망한다, 내게 금지된 것을』 『슬픔도 힘이 된다』 『모순』 『길모퉁이에서 만난 사람』, 산문집 『부엌신』 등이 있다.

네모난 수박

□

정호승

네모난 수박을 보고 충격을 받았다. 어릴 때 동화적 상상의 세계에서나 존재했던 네모난 수박이 물리적 현실의 세계에 존재하게 된 것은 정말 놀라운 일이 아닐 수 없다. 이는 '수박은 둥글다.'는 기본 개념을 파괴해 버린 일이다. 이제 우리는 식탁에 올려진 네모난 수박을 늘 먹으면서 무슨 생각을 하게 될까. 별로 대수롭지 않게 그저 먹기에 편하고 맛있으면 그만이라고 생각하게 되지는 않을까.

정작 수박이 네모지면 운반하기에 편할 뿐만 아니라 보관하기에도 좋고 썰어 먹기에도 좋다고 한다. 그러나 수박의 입장에서는 여간 화가 나는 일이 아닐 것이다. 네모난 수박은 유전 공학자들에 의해 유전 인자°가 변형되어 만들어진 것이 아니라 네모난 인공의 틀 속에서 자라게 함으로써 단순히 외형만

• 유전 인자 유전자. 생식 세포를 통하여 어버이로부터 자손에게 유전 정보를 전달함.

바뀌도록 만들어진 것이다. 그러니까 둥글다는 내면의 본질은 그대로 둔 채 인위적*으로 외형만 바꾼 것이다. 따라서 수박은 기형화*된 자신의 몸을 이해하고 받아들이기가 여간 힘들지 않을 것이다. 어쩌면 "둥글지 않으면 수박이 아니다. 둥글어야만 수박이다."라고 말하며 분노의 눈물을 흘릴지도 모른다.

네모난 수박을 만든 이들의 말에 의하면, 철제와 아크릴로 네모난 수박의 외형 틀을 만드는 데 무려 5년이라는 시간이 걸렸다고 한다. 수박꽃이 지고 계란 크기만 한 수박이 맺히기 시작하면 특수 아크릴로 만든 네모난 상자를 그 위에 씌우는데, 놀랍게도 수박이 자라면서 네모난 상자를 밀어내는 힘이 자그마치 1톤이나 되었다고 한다. 이렇게 수박의 생장력*이 너무나 강해 만드는 족족 외형 틀이 부서져 그 힘을 견딜 수 있도록 만들기가 여간 어렵지 않았다는 것이다. 결국 네모난 수박 재배의 성공 여부가 전적으로 수박의 생장력을 견뎌 낼 만큼 튼튼한 아크릴 상자를 만들 수 있느냐에 달려 있었다는 것이다.

나는 그 말을 들으면서 네모난 틀 속에서 자라게 되는 한 알

• 인위적 자연의 힘이 아닌 사람의 힘으로 이루어지는, 또는 그런 것.
• 기형화 형태나 모습이 비정상적이 됨. 또는 그렇게 만듦.
• 생장력 나서 자라는 과정을 지속하는 힘.

의 수박씨가 겪게 되는 고통에 대해 생각해 보았다. 비록 햇볕과 공기와 수분을 예전과 똑같이 공급받을 수 있는 상태라 하더라도 어느 순간부터는 그만 네모난 틀의 형태에다 자신의 몸을 맞추어야만 하니 그 고통을 어떻게 견딜 수 있었을까.

처음 몸피˚가 작을 때에는 아무런 고통 없이 원래의 본질대로 둥글게 자랄 것이다. 그러다가 차차 몸피가 커지고 일정 크기가 지나면서부터는 그만 네모난 틀의 형태와 똑같이 네모나지는 자신을 발견하고 참으로 참담했을 것이다. 어쩌면 그대로 죽고 싶은 심정이었을지도 모른다.

나는 네모난 수박을 한참 들여다보다가 비록 겉모양은 네모졌으나 수박으로서의 본질적인 맛과 향은 그대로일 것이라고 생각하면서 오늘을 사는 우리들이야말로 바로 이 네모난 수박과 같은 존재가 아닌가 하는 생각이 들었다. 예전의 우리 삶이 둥근 수박과 같은 자연적 형태의 삶이었다면, 지금은 외형을 중시하는 네모난 수박과 같은 인위적 형태의 삶을 살고 있다고 할 수 있다.

오늘 우리의 삶의 속도는 무척 빠르다. 변화의 속도가 너무 빨라 도무지 정신을 차릴 수 없다. 오늘의 속도를 미처 느끼기도 전에 내일의 속도에 몸을 실어야 한다. 그렇지만 네모난 수박이 수박으로서의 맛과 향기만은 잃지 않았듯이 우리도 인간으로서의 맛과 향기만은 결코 잃어서는 안 된다.

˚몸피 **몸통의 굵기.**

나는 아직도 냉장고에서 꺼내 먹는 수박보다 어릴 때 어머니가 차가운 우물 속에 담가 두었다가 두레박으로 건져 주셨던 수박이 더 맛있게 느껴진다. 이제 그런 목가적*인 시대는 지나고 말았지만, 모깃불을 피우고 평상에 앉아 밤하늘의 총총한 별들을 바라보면서 쟁반 가득 어머니가 썰어 온 둥근 수박을 먹고 싶다. 까맣게 잘 익은 수박씨를 별똥인 양 마당가에 힘껏 뱉으면서, 칼을 갖다 대기만 해도 쩍 갈라지는 둥근 수박의 그 경쾌한 목소리를 들으면서.

* 목가적 농촌처럼 소박하고 평화로우며 서정적인, 또는 그런 것.

정호승 1950~
시인. 경남 하동에서 태어나 대구에서 성장했다. 경희대학교 국문학과를 졸업했다. 1973년 대한일보 신춘문예에 시가 당선되고, 1982년 조선일보 신춘문예에 단편소설이 당선되어 작품 활동을 시작했다. 시집 『슬픔이 기쁨에게』 『서울의 예수』 『별들은 따뜻하다』 『외로우니까 사람이다』 『눈물이 나면 기차를 타라』 『이 짧은 시간 동안』 『포옹』 『밥값』 『나는 희망을 거절한다』, 산문집 『내 인생에 힘이 되어준 한마디』 『내 인생에 용기가 되어준 한마디』 『당신이 없으면 내가 없습니다』 『우리가 어느 별에서』 등이 있다.

남의 도움만을 기대하지 말라[*]

정약용

  너희들은 편지에서 항상 버릇처럼 말하기를 일가친척 중에 한 사람도 불쌍히 여겨 돌보아 주는 사람이 없다고 탄식하더구나.[*] 더러는 삶이 험난한 물길 같다느니, 꼬불꼬불한 길고 긴 험악한 길을 살아간다고 한탄하는데, 이는 모두 하늘을 원망하고 사람을 미워하는 말투니 큰 잘못이다. 전에 내가 벼슬하고 있을 때에는 근심할 일이나 질병의 고통이 있으면, 다른 사람들이 돌봐 주게 마련이어서, 날마다 어떠시냐는 안부를 전해 오고, 약도 주고 양식[*]까지 보내 주는 사람도 있어서 너희들은 이런 일에 익숙해져 있었을 것이다. 그래서 지금도 항상 은혜를 베풀어 줄 사람을 바라고 있으니, 가난하고 힘든 현실을 망각하고[*] 있는 것이다. 예나 지금이나 남의 도움만을 바

• 이 글은 다산 정약용이 전라도 강진에서 유배 생활을 할 때 두 아들에게 보낸 편지이다.
• 탄식하다 한탄하여 한숨을 쉬다.
• 양식 생존을 위하여 필요한 사람의 먹을거리.

라면서 사는 법은 없다. 오늘날 이처럼 집안이 망하긴 했으나 아직도 다른 일가들에 비하면 오히려 나은 형편이다. 다만 우리보다 못한 사람을 도와줄 여유가 없을 뿐이다. 남을 돌볼 만한 여유는 없지만 그렇다고 극심하게 가난하지도 않으니, 굳이 남의 도움을 바랄 필요는 없지 않겠느냐? 마음속으로 남의 은혜를 바라는 생각을 버린다면 저절로 마음이 평안하고 기분이 화평*스러워져 하늘을 원망하거나 사람을 미워하는 잘못은 없어질 것이다.

여러 날 밥을 해 먹지 못하는 집도 있는데, 너희는 그런 집에 쌀되라도 퍼다가 굶주림을 면하게* 해 주고 있는지 모르겠구나. 눈이 쌓여 쓰러져 있는 집에는 장작개비라도 나누어 주어 따뜻하게 해 주고, 병들어 약을 먹어야 할 사람들에게는 한 푼의 돈이라도 쪼개어 약을 지어 일어날 수 있게 도와주고, 가난하고 외로운 노인이 있는 집에는 때때로 찾아가 따뜻하고 공손한 마음으로 공경하여야 하고, 근심 걱정이 쌓인 집에 가서는 그 고통을 함께 나누고 잘 처리할 방법을 함께 고민해야 할 것이다. 그런데 너희들은 그것을 잘하고 있는지 궁금하구나. 이런 일도 하지 못하는데 어떻게 너희들이 위급할 때 다른 집에서 허겁지겁 달려와 도와줄 것을 바라겠느냐?

남이 어려울 때 자기는 은혜를 베풀지 않으면서 남이 먼저

• 망각하다 어떤 사실을 잊어버리다.
• 화평 화목하고 평온함.
• 면하다 어떤 상태나 처지에서 벗어나다.

은혜를 베풀어 주기만 바라는 것은 잘못이다. 이후로는 항상 공손하게 마음을 다하여 다른 일가들의 마음을 얻는 일에 힘쓰고 보답을 바라는 생각을 갖지 않도록 하여라. 훗날 너희들에게 걱정거리가 생겼을 때 다른 사람들이 보답해 주지 않더라도, 이해하고 용서하는 마음으로 '그분들이 마침 도와줄 수 없는 사정이 있거나 여유가 없는 모양이구나.'라고 생각하여라. "나는 지난번에 이리저리 해 주었는데 저들은 이렇다니!" 하는 소리는 농담으로라도 하지 말아야 한다. 만약 이런 말이 한 번이라도 입 밖에 나오게 된다면 지난날 쌓은 공덕(功德)*이 하루아침에 사라져 버릴 것이다.

• 공덕 착한 일을 하여 쌓은 업적과 어진 덕.

정약용 1762~1836
조선 후기의 실학자, 사상가, 시인. 호는 다산(茶山). 실학을 계승하고 집대성했으며, 각종 사회 개혁 사상을 제시하여 낡은 제도를 바꾸려고 노력했다. 조선 순조 때 천주교 박해 사건에 연루되어 40세 때부터 18년 동안 전라도 강진에서 유배 생활을 했으며, 유배 기간 동안 『목민심서』『흠흠신서』『경세유표』 등 500여 권의 방대한 저작을 남겼다.

용기 있는 사람만이 꿈을 이룰 수 있다

- 『바람의 딸 샤바누』*를 읽고

박예인 · 학생

샤바누의 가족은 사막에서 낙타를 기르는 유목민이다. 그들은 비록 가난하지만 서로를 아끼고 사랑한다. 샤바누는 낙타를 정말 좋아해서 어린아이임에도 아빠를 도와 낙타를 기른다. 시간이 흘러 샤바누는 혼인할 나이가 되고, 약혼자도 정해진다. 그런데 샤바누의 언니 풀란의 약혼자가 뜻밖의 싸움에 휘말려 죽는 바람에 샤바누의 약혼자가 풀란과 혼인한다. 그리고 샤바누는 그 싸움을 무마하는 대가로 나이가 많고 부인도 여럿인 부자 라임 사이브와 혼인하게 된다.

샤바누는 어른들끼리 내린 이런 결정을 도저히 따를 수가 없었다. 샤바누는 결혼에 얽매이지 않고 독립적으로 사는 이모에게 가기로 결심한다. 샤바누는 자유로운 삶을 꿈꾸며 자신이 가장 사랑하는 어린 낙타를 데리고 모래 언덕을 건넌다. 하

• 이 책은 미국 작가 수잔느 피셔 스테이플스가 쓴 소설로, 파키스탄에서 낙타를 기르며 생활하는 열두 살의 유목민 소녀 샤바누의 성장 과정을 다루었다.

지만 사막을 건너던 중에 낙타가 그만 모래 구덩이에 빠져 다리를 다친다. 샤바누는 시간을 지체하다가 자신을 뒤쫓아 온 아빠에게 붙잡히고 만다. 비록 도피에 실패하고, 아빠에게 매질도 당하지만 샤바누는 자유를 향한 의지를 더욱더 깊이 마음속에 새긴다.

샤바누는 남성 중심의 전통을 따르기보다 바람같이 자유로운 삶을 원했다. 그래서 자유를 향한 꿈과 열정을 품고 마음이 시키는 대로 했다. 나는 이런 샤바누가 부러웠다. 사막에서 낙타를 기르며 자유롭게 살겠다는 확고한 꿈을 가졌기 때문에 그럴 수 있었을까?

나는 아직 내 마음이 시키는 대로 해 본 적이 없는 것 같다. 내 의지보다는 주변의 시선을 신경 쓰고, 다른 사람을 의식하며 행동했다. 나는 비록 무모할지도 모르지만 샤바누처럼 용기 있는 행동을 할 수 있는 사람만이 꿈을 이룰 수 있다고 생각한다. 대부분의 사람들은 그렇게 하지 못한다. 그래서 아마 평범한 사람이 되는 것일 거다.

나는 다른 사람의 시선이나 편견 때문에 하고 싶은 것을 하지 못하는 것은 싫다. 그러니 언젠가 중요한 선택의 순간이 온다면 다른 사람들이 뭐라고 하든 내 마음속에서 깊이 원하는 것을 할 것이다. 그렇게 하면 아마 후회가 남지 않을 것이다. 샤바누는 끝까지 자신의 꿈을 간직했다. 그녀는 계속 도전할 것이고, 그 꿈을 간직하는 한 행복할 것이다. 나는 이런 샤바누를 보고 용기를 얻는다.

포기하고 싶을 때 딱 한 걸음만 더 나아가라

이정현

  역사학자 토인비*는 『역사의 연구』라는 책에서 아주 재미있는 역사 이론을 펼친다. 가혹한 환경이 인간을 위협하면 그에 맞서 싸우는 과정에서 인류 역사가 발전해 왔다고 주장한 것이다. 고대 중국 문명을 예로 들어 보자. 양쯔강과 황허강은 중국을 대표하는 강인데, 그중 양쯔강 유역은 기후가 따뜻하고 농토가 비옥해서* 농사를 짓기에는 최적의 환경이었다. 반면 황허강 유역은 너무 추워서 겨울이면 강물이 얼어붙어 배가 다닐 수조차 없었다. 게다가 매년 범람*이 잦아 농사 피해가 이만저만이 아니었다. 그런데 고대 문명이 생겨난 곳은 양쯔강이 아니라 험난한 황허강 유역이었다. 황허 문명뿐만 아

• 토인비(Toynbee, Arnold Joseph, 1889~1975) 영국의 역사학자. 인간 및 인간 사회의 자유 의지와 행위로 역사와 문화가 형성됨을 강조하였다.
• 비옥하다 땅이 걸고 기름지다.
• 범람 큰물이 흘러넘침.

니라 다른 고대 문명의 발상지 또한 모두 척박하기* 이를 데 없는 환경이었다.

그래서 토인비는 인류 역사는 곧 도전과 응전*의 역사로 설명될 수 있으며, 가혹한 환경이 없었다면 인류는 지금처럼 발전할 수 없었을 거라고 말한다. 토인비는 이 주장을 뒷받침하기 위해 청어와 관련된 이야기도 했다. 보통 북해나 베링 해협 같은 먼바다에서 잡히는 청어는 운반되는 동안 죽어 버리기 일쑤이다. 그런데 언젠가부터 런던에 살아 있는 청어가 대량으로 공급되기 시작했다. 그 비결은 청어의 천적, 물메기에 있었다.

청어들이 가득 담긴 수조*에 물메기를 몇 마리 넣으면 청어는 물메기에게 잡아먹히지 않으려고 있는 힘껏 도망 다닌다. 청어에게 물메기와 함께 있는 것은 가혹한 시련이었으나, 그에 맞서 필사적으로 대응하다 보니 오히려 죽지 않고 살아남을 수 있었다.

우리는 삶에 시련이나 고통이 찾아오면 나쁜 일이 벌어졌다고만 생각한다. '왜 하필이면 이런 일이 나에게 일어났을까?' 라고 생각하며 세상을 원망하기도 한다. 하지만 토인비의 주장에 따르면 시련이나 고통이 꼭 나쁜 것만은 아니다. 시련에 맞서 싸우는 과정에서 우리는 더욱 성숙해지고 강인해지니까

* 척박하다 땅이 기름지지 못하고 몹시 메마르다.
* 응전 상대편의 공격에 맞서서 싸움. 또는 상대편의 도전에 응하여 싸움.
* 수조 물을 담아 두는 큰 통.

말이다.

1960년대 초 어느 생물학자는 막 태어난 쥐 몇 마리를 21일 동안 매일 작은 우리 속에 15분 정도 격리했다가 다시 어미에게 보내 주는 실험을 했다. 그 결과 이 쥐들은 성장하면서 스트레스를 받아도 잘 이겨 내고, 모험을 두려워하지 않으며, 용감하게 도전했다. 반면 어미와 떨어져 본 경험이 없는 쥐들은 작은 스트레스에도 민감하게 반응하며 괴로워했다. 이 실험은 인간이 건강한 정신을 가지려면 반드시 적절한 좌절을 경험해야만 한다는 것을 증명한 사례이다.

그런데 요즘 우리는 시련이나 고통이 찾아오면 지레 겁부터 먹는다. 어떻게든 도전할 생각을 하는 게 아니라 좌절하고 다시 못 일어나지 않을까부터 염려한다. 그런 두려움은 결국 도전을 무조건 회피하는 현상으로 나타난다.

"저는 중학생인데요. 이사를 가고 싶어요. 제가 사는 곳은 분위기도 저와 맞지 않는 것 같고, 학교도 집과 너무 멀리 떨어져 있어요. 게임을 하다가 생각대로 잘되지 않을 때, 그 게임을 삭제하고 새롭게 시작하면 그 전보다 나은 경우가 많거든요. 지금 문제도 이사를 가서 새롭게 출발하면 해결될 것으로 생각해요."

리셋(reset)* 증후군을 보이는 중학생의 이야기이다. 리셋 증후군이란 컴퓨터가 원활하게 돌아가지 않거나 제대로 작동하

• 리셋(reset) 데이터를 처리하는 기구 전체나 일부를 초기 상태로 되돌리는 일.

지 않을 때 리셋 버튼만 누르면 처음부터 다시 시작할 수 있는 것처럼 현실 세계에서도 리셋이 가능할 것이라고 착각하는 현상을 일컫는 말이다. 힘들고 고통스러운 상황에서 벗어나 다시 새롭게 시작하고 싶은 마음이야 이해하지만 다른 상황이 된다 한들 역경*이 없을까? 어떤 환경이든 고통스러운 과정은 있게 마련인데 그때마다 다시 새롭게 시작할 수는 없는 노릇 아닌가.

그렇다면 청소년기에 적절한 좌절을 경험하지 않으면 어떠한 문제가 생길 수 있을까? 당시에는 힘들고 고통스러운 상황을 겪지 않는다고 좋아할지 모르나, 어른이 되었을 때 오히려 더 큰 위기에 봉착할* 수 있다. 2, 30대가 되어 그 나이에 겪어

---

* 역경 일이 순조롭지 않아 매우 어렵게 된 처지나 환경.
* 봉착하다 어떤 처지나 상태에 부닥치다.

야 할 고통에서 사춘기의 고통까지 함께 겪게 될 수도 있기 때문이다.

이와 관련하여 『그래도 계속 가라』라는 책에서 '늙은 매'라고 불리는 할아버지는 손자인 제레미에게 다음과 같이 말한다.

"폭풍이 얼마나 많이 불어닥치건 간에 폭풍에 맞서 대항하다 보면, 그것에 저항하기 위해서는 굳이 폭풍만큼 강할 필요가 없다는 사실을 터득하게 된다. 그냥 서 있을 정도로만 강하면 된다. 겁에 질린 채 떨면서 서 있든지, 주먹을 휘두르면서 서 있든지 간에 우리가 서 있는 한은 그만큼 강하다는 뜻이 아니겠느냐."

어떤 사람들은 잘하지 못할 바엔 처음부터 도전하지 않는 게 낫다고 말한다. 중간에 그만두면 괜히 시간만 낭비하는 셈이라고 주장하면서 말이다. 그러나 그것은 도전이 두려워 포기해 버리는 자의 변명에 불과하다. '늙은 매'의 말처럼 폭풍이 불어닥칠 때에는 그냥 서 있을 정도로만 강해도 된다. 이렇게 생각한다면 할 수 없다고만 말할 게 아니라 뭐든 해 볼 수 있지 않을까? 포기하고 싶은 마음이 들 때는 더도 말고 덜도 말고 딱 한 발자국만 앞으로 나아가 보라. 시련을 이겨 내고 더 단단해진 나를 상상하면서 말이다.

이정현 1971~
정신건강의학과 전문의. 연세대학교 의과대학을 졸업했다. 지은 책으로 『심리학, 열일곱 살을 부탁해』가 있다.

1 내 생애 가장 ○○했던 순간: 사진·그림 곁들여 글쓰기

살다 보면 잊을 수 없는 순간들이 있죠? 그 순간을 글로 남겨 두면 언제든지 펼쳐 볼 수 있는 자신만의 소중한 추억이 됩니다. 나에게 소중하고 의미 있던 순간들을 떠올려 보고 글로 써 봅시다.

(1) 자신에게 소중하고 의미 있던 순간을 떠올려 보고, 〈보기〉 중에서 글감 하나를 골라 봅시다.

〈보기〉

내 생애 가장 행복했던 순간, 내 생애 가장 찬란했던 순간, 내 생애 가장 슬펐던 순간, 내 생애 가장 기뻤던 순간, 내 생애 가장 우울했던 순간, 내 생애 가장 좌절했던 순간, 내 생애 가장 벅찼던 순간, 내 생애 가장 불안했던 순간 등

내가 고른 글감:

(2) 내가 고른 '내 생애 가장 ○○했던 순간'을 주제로 사진이나 그림을 곁들여 글을 써 봅시다.

내 생애 가장 우울했던 순간   김미현(학생)

　사람들에게는 저마다의 상처와 아픔이 있다. 겉으로 들춰내 봤자 자신에게도, 타인에게도 좋을 것이 없으니 가리고 다니는 것뿐이지 모두가 숙명처럼 짊어지고 있는 것이 '우울'이다. 나 또한 우울했던 순간들이 많고, 가장 우울했던 순간을 뽑으라면 망설임 없이 말할 수 있다. 진지하게 더 이상 살고 싶지 않다는 생각이 들었을 때. 그래서는 안 된다는 걸 잘 알고 있지만, 정말 힘들 때는 자각을 하지 못한다.

　지금보다 더 어렸을 적에는 세상이 마냥 밝고 재밌는 곳인 줄로만 알았다. 어느새 중학교 1학년이 되어 주변을 둘러봤을 때는 나를 누르고 있는 요소들이 너무나도 많더라.

"특목고가 좋니 일반고가 좋니……."

"선행은 어디까지 나갔니?"

"지금부터 대입을 바라보면서 공부해야 해."

　마음 편히 놀던 초등학생 때와는 180도로 달라진 상황에 그저 당황스러울 뿐이었다. 게다가 아무것도 하기 싫어지는 무기력증, 반항심이 생기는 사춘기까지 합세하여 공부와는 점점 멀어지게 되었다. 힘든 나머지 몇 달 동안 학원을 안 다니게 되었는데, 얼마나 행복했는지 모른다. 마음고생이 심했던 작년 당시에는 완전히 우울증 걸린 사람처럼 지냈다. 다른 사람들은 잘 지내는데 나만 이런 건가, 나 자체에 문제가 있는 건가……. 모든 화살을 나에게로 돌리니 더 힘들었다. 좋지 않은 상황이 계속되니 더 이상 살고 싶지 않다는 생각이 자꾸만 들어 하염없이 울기만 했다. 이러면 안 된다는 걸 알면서도 끝없이 추락했다. 아무런 생각도 희망도 없었다.

　하지만 인간은 적응의 동물이라고. 이런 생활이 지속되어 조금씩 익숙해지고 있을 때쯤, 한 번만 용기를 내어 보자는 생각이 들었다. 주변

가까운 사람들에게 털어놓았더니 심심한 위로를 건네 오는데 그렇게 고마울 수가 없었다. 그제서야 하나를 알았다. 왜 이렇게 살아야 하는지는 모르겠지만, 죽지 못할 이유가 많다는 것을. 주변에는 나를 좋아해 주는 사람들이 있고, 그 사람들과 어울리는 것이 더할 나위 없이 좋다. 밖으로 다니다 보니 새로운 취미도 생겼는데, 바로 노래방에 가서 신나게 노는 것과 공연·뮤지컬을 보는 것이다. 스트레스를 풀 탈출구가 생기니 현실이 아무리 힘들어도 예전만큼 괴로워지지는 않는다.

　나 스스로 무언가를 해결했다니 안 믿기기도 하고 뿌듯하기도 하다. 그렇지만 내가 지나온 곳은 아직 1단계라는 걸 잊어서는 안 된다. 고등학생이 되어서도, 어른이 되어서도 나를 쫓아올 것이고 그때마다 좌절해 있을 수는 없다. 아픔을 바탕으로 더욱 단단해져 다시 어려운 순간이 찾아와도 죽지 말고 건강하게 살기를. 나를 비롯한 모든 사람들에게 말하고 싶다.

내 생애 가장 심장이 터질 것 같았던 순간   권현아(학생)

안녕! 내가 잊어버리기 전에 너에게 해 주고 싶은 이야기가 있어. 한번 들어 봐. 8월의 뜨거운 금색 햇빛을 받으며 설레고 기대하는 마음으로 뮤지컬 「나폴레옹」을 보러 갔어. 이 뮤지컬은 처음으로 내 의지로 고른 뮤지컬이었어. 내가 직접 고르니까 더 기대되고 빨리 가고 싶었지. 도착해서 자리에 앉는데, 기분이 설레는 건 맞는데, 조금 다른? 약간 토할 것 같은 느낌? 이건 '긴장'인데, 사실 긴장인 거 알고 나서 좀 어이없긴 했는데, (내가 공연하는 것도 아닌) 실감은 났어. 무엇보다 내가 정말 좋아하는 뮤지컬 배우가 나온다기에 미리 찾아봤었는데 정장 입고 노래 부른 영상 하나가 떠서 봤더니, 가사가 완전 내 취향이어서 정말 마음에 들었거든. 뮤지컬 시작하고서는 그 노래 언제 나오나…… 하면서 기다리고 있었다니까?

어쨌든 시작할 때 검은 화면에 나폴레옹의 모자가 바닥에 있고 탈레랑이 나와서, "나의 작은 거인이여!!" 하고 불 꺼지고 쾅! 하며 '탈레랑이 얘기하는 나폴레옹의 이야기'가 시작되는데! 기대돼서 어찌나 두근거리던지!(탈레랑은 권력 욕심 많은 정치가야.) 그리고 내가 가장 사랑했던 장면은, 미리 찾아본 그 장면인 1막에서 탈레랑의 부추김을 노래한 '내가 혁명이다'야. 흔들리는 나폴레옹과 그를 부추기는 탈레랑의 달콤한 말들, 그를 막으려는 동생 뤼시앙! 탈레랑이 나폴레옹을 부추기는 번지르르한 말이 탈레랑의 성격을 보여 주는 느낌이 들고, 그걸 들은 나폴레옹의 변화가 너무 좋더라! 반란을 결심한 나폴레옹에게 탈레랑은, "영광스런 첫걸음, 황제 폐하 만세!!!" 하고 고개를 숙이며 그 장면이 끝나는데, 완전 좋아! 미리 찾아본 노래가 언제 나오나 기다리고 있었는데, 그 장면이 나오니까 화면으로만 보던 걸 내가 드디어 직접 보는구나 해서 너무 두근거려서 심장이 터질 것 같더라.

그 상황, 멜로디, 갈등, 서로 말하는 대사 표현도 격정적인 느낌이라서 좋았어.

진짜로 못 잊을 것 같아. 끝나고 커튼콜 없어서, 진짜 슬프더라. 그래도 인사할 때 난 혼신의 힘을 다해 2층에서 나 홀로 기립 박수를 쳤으니 됐어. 난 만족해! 이런 멋진 뮤지컬을 볼 수 있다는 것에 의미를 두자! 뮤지컬 끝나고 여운이 너무 강하게 남아서 슬프고 행복하고 애절한 상태로 나와서 나폴레옹 관련 책자도 사고. 너무 재밌게 봤거든. 책자를 보니까 나폴레옹이 영웅인가 독재자인가 쓰여 있더라. 영웅? 독재자? 의견은 각자 다르겠지? 관점이 다르니까.

그럼, 너는? 어떻게 생각해?

내 생애 가장 설레면서 불안했던 순간   류기학(학생)

　나는 원래 중학교 들어오고 1년 좀 안 되게 미술을 했었다. 내가 원
하던 것은 그 당시에 느낀 나의 감정이나 생각하는 것들을 마음 가는
대로 그려 내는 것이었으나 현실은 조형물을 정해진 기법으로 그려 내
는 것의 반복이었다. 그렇게 미술에 대한 불만이 쌓여 가고 있을 때 나
는 한 친구를 만나게 되었다. 원래 힙합 음악을 깊게 좋아하고 있었는
데, SNS를 하던 중 좋아하던 인디 뮤지션의 사진을 프로필로 쓰던 옆
학교 친구와 친해지게 되었다. 항상 아닌 척했지만 음악을 하고 싶었
던 우리는 그저 그것을 마음속에 담아 두고 지냈다. 그러던 중 난 싫증
을 느낀 미술을 그만두게 되었다. 미술이 한두 푼 드는 것이 아니므로
부모님께 말하기 망설였지만 나중에 가서 후회하기가 너무 싫었기 때
문에 솔직하게 말했다. 이렇게 미술을 그만두고 그 친구와 생산적인
것을 해 보자라고 이야기했고, 부모님한테도 솔직히 말하여 현재 난
작곡을 배우고 있고, 그 친구는 랩을 배우고 있다.

　난 이 선택을 내린 순간을 내 생애 가장 설레면서 불안했던 순간으
로 뽑고 싶다. 말 그대로 내가 좋아하는 것을 한다는 설렘과 반항기 가
득한 음악을 한다는 주변의 선입견, 재능 있는 사람들만 성공한다는
예술 자체의 특성과 공부가 아닌 다른 진로를 선택했다는 시선들이 날
불안하게 만들었다. 내가 이쪽 길로 가게 된다면 잘 해낼 수 있을까,
몇 년 후 이런 결정을 내린 나를 원망하지는 않을까 하는 생각들이 마
구 밀려왔다. 반대로 내가 원하는 것을 하게 됐으니 어려움이 닥쳐도
잘 이겨 내고 좋은 결과를 얻을 수만 있을 것 같다는 생각들도 하게 되
었다. 이 선택은 미래를 좌우할 중요한 선택이기도 했지만, 내가 처음
으로 의미 있는 용기를 낸 순간이기도 하다. 나에게 음악은 텔레비전
에 나오는 사람들이 하는 먼 이야기로 느껴졌지만, 용기가 부족할 뿐

이지 꿈은 멀리 있는 것이 아니라는 것을 깨달았다. 그래서 난 앞으로 하고 싶거나 원하는 게 생긴다면 용기를 가지고 어떤 상황이든지 부딪혀 볼 것이다.

이 그림은 내가 진로를 바꾸고 그린 그림이다. 밑에는 심장 박동을 형상화한 나의 과거이고, 위에는 나무를 형상화한 나의 미래이다. 수많은 나뭇가지들은 여러 가지 경우의 수를 나타내고, 굵은 가지로 금이 간 하트는 설렘과 불안이 공존하는 마음을 표현했다. 여러 갈래로 뻗어 나간 나뭇가지처럼 나의 미래도 확신할 수는 없지만 지금 이 순간, 자신의 마음이 향하는 곳으로 가면 나만의 나무를 멋지게 그려 낼 수 있을 것이다.

2 '나 나 나'를 소개합니다!: 우리 모둠을 소개하는 글쓰기

글쓰기의 출발점은 바로 나 자신을 세상에 내어놓는 것입니다. 나를 드러내기 위해서는 우선 나 자신에 대해서 알아야겠죠? 내가 누구인지 탐색해 보고, 모둠을 만들어 다음 활동을 해 봅시다.

(1) 4~5명이 한 모둠을 만들고, 엽서 크기의 종이에 자신을 소개하는 글을 써 봅시다. 이때 자신을 나타내는 그림이나 사진을 넣을 수 있습니다.

(2) 모둠원이 쓴 글을 A3나 B4 용지에 합쳐서 우리 모둠을 소개하는 글을 완성하고
발표해 봅시다.

A모둠원 예시 글 · 그림

| 이하빈 | 이윤성 | 남다름 | 최지유 |

안녕! 나는 이하빈이야. 나는 세 자매 중 막내야. 막내라고 이쁘다 지만 사람들이 그냥 하는 말인 걸 알 수 있을 정도의 외모와 동시에 적 당히 친구 서너 명 있는 성격이라고 상상하고 이 짧은 글을 읽어 줘. 먼저, 학생이니까 성적 얘기를 하자면 성적은…… 별로 안 좋아. 친구 들한테 무시당하는 성적이야. 내가 신경을 안 쓰는 척하면서 멍청이 역할을 맡아. 상처 많이 받고 혼자 슬퍼하다 잊어버려ㅎㅎㅎ. 갑자기 생각난 건데, 행복하려면 기억력이 안 좋은 게 필요한 것 같아. 내가 그래서 행복한 걸 거야. 아! 난 좋아하는 게 정말 많아. 조금만 맘에 들어도 내 마음속에 저장하는 느낌이라 엄청 싫어하는 게 아니면 모두 를 사랑한다고 봐도 나쁘지 않아. 나중에 평범한 외모에 평범한 성격 인 사람이 친구 서너 명과 같이 걸어가고 있으면 인사해 줘. 친구 하 자! 내가 좋아해 줄게! 안녕!

안녕? 나는 이윤성이야! '진실로 윤'에 '정성 성'! 엄청 도덕적으로 살아야 할 것 같아. 나는 남동생이 한 명 있어. 그리고 나는 푸른색을 좋아해. 특히 슬로우블루! 조금 특이하지만 내가 가장 좋아하는 동물은 해치야. 정의를 추구하는! 멋지지 않아? 정의롭지 못한 사람을 뿔로 받아 버린대. 나도 그렇게 정의롭게 살고 싶어. 내 장래 희망은 인공 지능 전문가야. 세계적인 IT 기업에서 일하고 싶어. 지금은 관련 분야의 기사 스크랩을 열심히 하고 있어. 앞으로 인공 지능 디프러닝 알고리즘에 대해 열심히 공부하려고. 전망이 밝은 직업이면서 나랑 잘 맞는 것 같아. 하지만 그만큼 경쟁력이 높으니 열심히 해야겠지? 앞으로 더 노력해서 내 이름을 널리 알리고 싶어. 정의로운 사람으로도.

안녕, 나는 남다름이야! 의령 남 씨에 '많을 다', '늠름할 름' 자를 써. 직역하든 의역하든 '많이 늠름함'이라는 뜻이야. 뜻은 조금 억지 부린 감이 있지만, 나는 내 이름이 엄청 마음에 들어. 이름처럼 늠름하게 살지는 않는 것 같아. 나는 내가 비관적이라고 생각해. 매사에 비관적으로 생각하는 부분 때문에 삶이 순탄치 않다고 느끼는 것 같아. 그래도 내가 생각하는 나의 성격의 장점은 남의 말을 별로 신경 쓰지 않는 것이야. 요즘 사람들은 남의 말을 신경 써서 받는 스트레스가 엄청나다고 하지만, 나는 다른 사람들이 나에 대해서 어떻게 말을 하든 간에 별로 신경 쓰지 않아.(물론 받아들여야 할 건 받아들여!) 그리고 나는 회색을 좋아해. 검정색과 하얀색을 좋아해서 그 둘을 섞은 색을 좋아하는 거지만…… 또 나는 고양이를 정말 사랑해. 우리 집 고양이는 러시안블루인데 아직 7개월밖에 안 됐어! 정말 귀엽겠지…… (정말) 보여주고 싶지만 닳을까 봐 못 보여 주겠다. 나는 일식을 최고로 좋아해. 그중에서도 초밥! 가끔 마트에서 초밥을 사서 고양이랑 나눠 먹어. 기분 좋을 땐 가르릉거리는 소리를 내. 가만히 빵처럼 앉아서 야옹거리고 가르릉거리는 것만 봐도 내 기분이 좋아져. 내가 고양이를 볼 때의 기분처럼만 삶을 살았으면 좋겠어!

안녕? 나는 최지유야. 내 특기를 써 보려고 했는데 막상 쓰려니 잘 생각이 안 나서 친구한테 물어보니까 체육을 잘한대. 공부 중에선 영어를 잘하고 발표 점수도 잘 받아. 난 특히 성격이 특이한데, 우선 감정 기복이 심해. 기분이 좋을 땐 목소리도 커지고 별로 웃기지도 않은 얘기에도 웃고 옆의 사람이 피곤해질 정도인데 안 좋을 땐 말수도 확 줄고 피로가 막 쌓이는 느낌이야. 그래도 내 방에 누워서 좋아하는 가수 노래도 들으면서 혼자 있다 보면 금방 나아져. 이 시간을 방해하는 걸 진짜 싫어하는데 대부분 우리 동생이 그래. 원래부터 남이랑 뭔가 공유하는 걸 싫어했는데 동생이 내 방에도 들어오고 내가 뭔가 할 때마다 옆에 붙어 있어서 많이 싸워. 가족 중에선 나랑 개그 코드가 맞는 엄마랑 제일 친해. 응원도 제일 많이 해 주고. 친구 관계에 대해서도 말해 보자면 친구는 깊고 좁게 사귀는 편이야. 그래서 그런가? 사람 많은 곳을 가는 걸 싫어해. 외출할 때도 정말 맘먹고 나가고. 사람 자체를 싫어하는 건 아니야. 특히 예쁘고 귀여운 사람이 정말 좋아. 지금 이런 두서없는 글이 나온 이유는 이게 지금 외롭고 뭔가 재밌는 게 필요한 내 상태를 나타내기 때문이야. 글 자체가 날 표현하는 거지.

　안녕, 나는 개미야. 나는 항상 다른 개미들에게 뒤처지지 않게 열심히 일을 해. 사실, 열심히 한 만큼 결과가 나오지는 않아. 그래도 결과가 좋아지기 위해 항상 노력하고 있어. 나는 다른 개미들보다 마음이 여리고 쉽게 상처를 받아. 내 단점이라고 할 수 있지. 그래도 뭐든 완벽하게 하기 위해 성실하게 일한다는 점이 나의 가장 큰 장점 같아!

　안녕! 나는 악어야. 내가 얼굴이 긴 것도 악어와 닮았지만 무엇보다 악어가 먹잇감을 놓지 않는 것처럼 일을 시작하면 절대 포기하지 않아. 나는 이게 나의 큰 장점이라고 생각해. 이런 태도는 내가 목표를 달성하는 데 큰 도움이 돼. 가끔은 이런 나 때문에 힘들기도 하지만 다 경험이 되는 것 아니겠어? 나는 또, 악어처럼 남들을 아프게 하기도 해. 일부러 그러는 것은 아니지만 가끔은 나도 모르게 말을 험하게 해서 친구들의 마음을 상하게 하기도 해. 내가 가장 먼저 고쳐야겠다고 생각하는 나의 단점인데 줄어들고는 있지만 쉽지는 않더라고. 나는 다른 악어들처럼 한번 물면 놓지는 않아. 나는 그래도 평화주의적 악어야!

안녕, 나는 강아지야. 나는 사람을 참 좋아해. 사람을 너무 좋아해서 누군가와 함께 있을 때 제일 행복하고, 내게 다정한 사람을 만나면 그 사람만 기다리기도 해. 그만큼 쉽게 상처받기도 하지만 그래도 난 모든 사람들과 친해지려고 노력하는 편이야! 내가 다른 강아지들처럼 놀기만 하고, 잠만 자는 건 아니야. 중요한 일이 닥치면 나는 주인 없는 집을 지키듯 무섭게 긴장하고 집중해. 그 일이 끝나고 나서야 마음을 놓지. '할 땐 하고 놀 땐 논다.'가 내 장점이라고 할 수 있어. 난 삶에 강한 집착이 있어. 내가 하고 싶은 일을 하며 좋은 주인을 만나 오래오래 살고 싶어.

안녕, 나는 붉은 여우야. 'sly fox.' 그래 맞아. 나는 좀 교활해! '교활하다'를 긍정적으로 말하면 '똑똑하다'겠지? 나는 잔머리도 잘 굴려서 잘 안 혼나고, 좀 똑똑한 편인 것 같아. 그리고 눈치가 빨라! 상황 파악을 굉장히 잘해. 그래서 피해를 끼치지 않아. 난 예민한 편이야. 긍정적인 면은 섬세하고 완벽을 추구하는 편이야. 그러나 부정적인 면은 걱정이 많고 상처도 겉모습과는 달리 잘 받아. 스스로를 힘들게 하는 타입이지. 나는 길고 날씬한(?) 동물이야. 눈매도 조금 올라가 있어서 차갑고 다가가기 힘들게 생겼다는 말을 들어ㅜ.ㅜ 그래서 호감을 주려고 노력해. 한마디로 붉은 여우인 나는 좀 교활하고, 예민하고, 외모도 장단점을 가진 양면성이 있는 동물인 것 같아!

안녕! 나는 나무늘보야! 나는 평소에 너무 조용하고, 침착하고, 여유로워서 애들이 나보고 나무늘보래. 근데, 나무늘보가 암것도 안 할 것 같지만, 그건 또 아니다! 나는 그래도 할 일은 다 끝내는 성격이거든. 다른 동물들이 서두를 때, 나는 나무 위에서 뒹굴기도 하고, 산딸기를 따 먹기도 하면서 한눈팔다가 흙탕물에 빠지기도 하고, 딴 길로 새다가 해가 뉘엿뉘엿 질 즈음 도착하기도 해. 그래도 굉장히 성실하고 착한 성격이야. 근데 너무 조용한 성격 때문에 친구들이 살짝 불편해하기도 해. 그래도 어느 정도 친해지고부터는 엄청 친하게 지내는 성격이어서 오랜 친구들이 많아. 다만, 낯을 좀 심하게 가려서 친해지기까지는 기간이 좀 오래 걸려.

2부
우리, 세상에
호기심 갖기

여는글

제2부에는 글쓴이 자신이 알고 있는 지식과 정보를 독자에게 설명하는 글, 어떤 현상이나 사물의 원리에 대해서 왜 그런지 정보를 찾아 가며 읽도록 알리는 글을 묶었습니다. 사람과 사물, 동물에 대해서 우리가 미처 모르고 있는 것을 알게 해 주는 글도 있고, 생활 속의 자연 현상이나 과학 현상에 대한 궁금증을 풀어 놓고 맥락을 밝히는 글도 있습니다.

상대의 첫인상을 제한된 정보로만 파악하는 위험성을 날카롭게 지적한 사회 심리학자의 글이 여러분을 기다립니다. 또한 고래 사회의 동료애, 남극과 북극, 똥과 건강, 모기 퇴치법, 로봇 같은 생명과 과학을 주제로 한 글들은 모르고 있는 사실을 알아 가는 재미를 주면서 동시에 우리가 사는 여기의 문제에 대한 새로운 호기심을 갖도록 도와줍니다.

글쓴이가 전달하려고 하는 정보가 어떤 배경에서 나왔는지, 정보를 아는 데 꼭 필요한 지식이나 맥락은 무엇인지 살펴 가면서 읽어 보기 바랍니다.

고래들의 따뜻한 동료애

최재천

몇 년 전 일이다. 어디론가 가기 위해 바삐 걷던 중 저만치 앞에서 휠체어를 탄 한 장애인이 차도로 내려서는 걸 보았다. 위험할 터인데 왜 저러나 싶어 살펴보니 그의 앞에 큼직한 자동차가 인도를 꽉 메운 채 버티고 있는 게 아닌가. 어쩔 수 없는 상황에서 차도로라도 돌아가려는 그에게 차들은 한 치의 양보도 하지 않았고 심지어는 요란하게 경적을 울리는 이들도 있었다.

나는 황급히 그에게 다가가 그의 휠체어 손잡이를 잡으며 도와 드리겠다고 했다. 그러나 나의 도움은 아무런 효과가 없었다. 차들은 여전히 매정하게 우리 앞을 가로지르고 있었고 세워 달라고 내가 손을 흔들 때면 더 빠른 속도로 달려오곤 했다. 그러자 그는 나에게 휠체어는 혼자서도 운전할 수 있으니 미안하지만 차도로 내려가 오는 차들을 잠시 멈춰 줄 수 있겠느냐고 부탁했다. 그러면서 자기처럼 장애인은 되지 않도록 조심하라는 당부를 잊지 않았다. 나는 곧바로 차도에 뛰어들어 달려오는 차들을 막아 세웠고, 그는 차도로 우회한° 후 다시 인도로 올라가던 길을 계속 갈 수 있었다.

그는 비교적 말이 적은 사람이었다. 아니면 방금 벌어진 일을 되새기며 씁쓸해하고 있었는지도 모르겠다. 어쨌든 나는 엉거주춤 그의 곁에서 그와 보조를 맞추며 그렇게 한참을 걸었다. 어색해하는 나에게 그는 먼저 서둘러 가라고 권했다. 나는 결국 그와 몇 번의 인사를 나누고 먼저 앞서 걷기 시작했다. 그러나 자꾸 몇 걸음 걷다가 뒤를 돌아보지 않을 수 없었다. 그런 나를 향해 그는 가끔 조용히 손을 흔들어 주었다.

당시 나는 외국에서의 긴 연구 생활을 마치고 귀국한 지 얼마 되지 않았을 때였고 외국에 비해 장애인들이 별로 눈에 띄지 않아 의아하게 생각하던 참이었다. 하지만 우리나라가 외국보다 장애인이 적어서가 아니라 그들이 길에 나서기 너무도 불편하게 되어 있기 때문이라는 걸 나는 그날 비로소 깨닫게 되었다. 미국에는 건물마다 장애인들이 이용하기 쉽도록 장애인 전용 통로까지 만들어 놓았다. 얼마 전에는 우리나라 출신의 장애인 학생을 위해 하버드 행정 대학원이 건물 구조까지 바꿨다는 기사가 신문에 실리기도 했다.

해마다 우리는 장애인의 날이면 행사를 하며 법석을 떤다. 정작 그들에게 따뜻한 눈길 한번 주지 않으면서, 길 한번 제대

• 우회하다 곧바로 가지 않고 멀리 돌아서 가다.

로 비켜 주지 않으면서 말이다. 그날만 장애인을 걱정하는 것
처럼 가장하고 그동안 그러지 못했던 것을 속죄하는 척하기만
하면 되는 것처럼 하루를 보낸다. 이제 우리는 일상생활에서
장애인과 함께 사는 법을 배워야 한다. 그래서 하루빨리 장애
인의 날 같은 건 사라지게 말이다.

자연계는 언뜻 보면 늙고 병약한˚ 개체들은 어쩔 수 없이 늘
포식자˚의 밥이 되고 마는 비정한 세계처럼만 보인다. 하지만
인간에 버금가는 지능을 지닌 고래들의 사회는 다르다. 거동
이 불편한 동료를 결코 나 몰라라 하지 않는다. 다친 동료를

● 병약하다 병으로 인하여 몸이 쇠약하다.
● 포식자 다른 동물을 먹이로 하는 동물.

여러 고래들이 둘러싸고 거의 들어 나르듯 하는 모습이 고래 학자들의 눈에 여러 번 관찰되었다. 그물에 걸린 동료를 구출하기 위해 그물을 물어뜯는가 하면 다친 동료와 고래잡이배 사이에 과감히 뛰어들어 사냥을 방해하기도 한다.

고래는 비록 물속에 살지만 엄연히 허파로 숨을 쉬는 젖 먹이 동물이다. 그래서 부상을 당해 움직일 수 없게 되면 무엇보다도 물 위로 올라와 숨을 쉴 수 없게 되므로 쉽사리 목숨을 잃는다. 그런 친구를 혼자 등에 업고 그가 충분히 기력을 되찾을 때까지 떠받치고 있는 고래의 모습을 보면 저절로 머리가 숙여진다. 고래들은 또 많은 경우 직접적으로 육체적인 도움을 주지 않더라도 무언가로 괴로워하는 친구 곁에 그냥 오랫동안 있어 주기도 한다.

우리 사회의 장애인들에게도 휠체어를 직접 밀어 줄 사람들보다 그들이 스스로 밀고 갈 수 있도록 길을 비켜 주고 따뜻하게 함께 있어 줄 사람이 필요한 것인지도 모른다. 그들이 당당하게 삶을 꾸릴 수 있도록 여건을 마련해 준 후 그저 다른 이들을 대하듯 똑같이만 대해 주면 될 것이다.

앞으로 좀 더 자세한 연구가 진행되어야 밝혀질 일이겠지만 남을 돕는 고래가 모두 다친 고래의 가족이거나 가까운 친척만은 아닐지도 모른다. 우리 인간이 그렇듯이 장애인 동생을 보살피는 것과 전혀 연고도 없는 장애인을 돕는 것은 근본적으로 다르다. 부상당한 고래를 등에 업고 있는 고래가 가족이나 친척으로 밝혀질 가능성은 충분히 있지만 다친 고래를 가운데 두고 보호하는 그 모든 고래가 다 가족일 가능성은 적은 것 같다. 고래들의 사회에 우리처럼 장애인의 날이 있어 "장애 고래를 도웁시다."라는 구호를 외치며 배웠을 리 없건만 결과 만 놓고 보면 고래들이 우리보다 훨씬 낫다.

최재천 1954~

생물학자, 대학교수. 강원도 강릉에서 태어났다. 서울대학교 동물학과를 졸업하고 하버드대학 교에서 생물학 박사 학위를 받았다. 지은 책으로 『개미 제국의 발견』『생명이 있는 것은 다 아름 답다』『최재천의 인간과 동물』『과학자의 서재』『생각의 탐험』 등이 있다.

건강, 똥에게 물어봐!

과학향기 편집부

똥을 보면 건강 상태를 알 수 있다고 한다. "황금색 똥을 누면 건강하다."라는 표현은 이와 관련된 대표적인 말이다. 그런데 정말 똥으로 건강 상태를 아는 것이 가능할까? 결론부터 말하면 "그렇다."이다. 똥으로 몸의 건강을 파악하는 것은 생각보다 간단하다. 먼저 똥이 만들어지는 과정을 살펴보자. 똥은 입으로 들어간 음식물이 위와 샘창자,˚ 작은창자, 큰창자를 거치면서 영양분을 빼앗기고 남은 찌꺼기이다. 위에서는 음식물을 잘게 부수고, 샘창자에서는 소화액을 이용해 음식물을 분해한다. 작은창자에서는 이렇게 분해된 음식물에 들어 있는 영양소의 대부분을 흡수하고 남은 찌꺼기를 큰창자로 보낸다. 큰창자에서는 남은 찌꺼기에서 수분을 흡수한 뒤 곧창자˚로

˚샘창자 십이지장. 작은창자의 첫 부분.
˚곧창자 직장. 큰창자의 끝부분부터 항문까지의 부위.

보낸다. 이것이 항문을 통해 배출된 것이 똥이다.

이처럼 음식물이 똥이 되기까지 몸 내부의 주요 기관을 지나기 때문에 어느 기관에 이상이 있으면 평상시와 다른 똥이 만들어진다. 똥의 모양과 굵기, 단단한 정도, 색, 냄새 등에서 차이가 생기는 것이다. 따라서 이러한 똥의 상태를 통해 몸의 건강 상태를 추정할 수 있다.

그렇다면 어떤 똥이 건강한 똥일까? 우리는 흔히 '똥' 하면 지독한 냄새를 떠올린다. 그런데 건강한 똥은 냄새가 별로 나지 않고, 나더라도 독하지 않다고 한다. 방귀와 똥 냄새가 심해지는 것은 음식물 찌꺼기가 큰창자와 곧창자에 머무르면서 함께 있는 세균에 의해 발효˚가 되기 때문이다. 따라서 작은창자가 제 기능을 다하여 분해된 음식물의 영양소를 잘 흡수하면, 큰창자로 보내진 찌꺼기에 영양분이 거의 없어 발효가 잘 되지 않기 때문에 냄새가 약하거나 별로 나지 않게 된다.

똥의 색으로도 건강 상태를 파악할 수 있다. 건강한 똥은 대부분 황갈색에 가깝지만 건강하지 않은 똥은 붉거나 검다. 똥이 붉은색을 띠면 위나 샘창자 등에서 심한 출혈이 있거나 큰창자나 항문 부근에서 출혈이 있을 가능성을 의심해 봐야 한다. 검은색을 띠면 위나 샘창자에서 작은 출혈이 있을 가능성이 높다. 한편 변비 등의 이유 때문에 똥이 몸 안에 오래 있게 되어 똥의 색이 진해지는 경우도 있다. 이때는 불필요한 찌꺼

˚발효 효모나 미생물에 의해 유기물이 분해되고 변화하는 작용.

기까지 흡수되기 때문에 피부염이 생기거나 장이 나빠질 수 있다.

　마지막으로 똥의 모양과 굵기, 단단한 정도도 건강을 파악하는 기준이 된다. 건강한 똥은 바나나 모양으로 적당히 굵고 단단하다. 똥의 굵기가 갑자기 가늘어지면 큰창자 내부에 종양이 생겨 통로가 좁아졌을 가능성을 의심해 봐야 한다. 또 단단하지 않고 묽다면 몸이 차갑거나 상태가 좋지 않아 큰창자에서 수분 흡수가 잘 일어나지 않기 때문이므로 몸을 따뜻하게 하거나 휴식을 취하는 것이 좋다.

　지금까지 똥으로 건강을 파악하는 것에 대해 살펴보았다. 물론 똥으로 우리 몸과 관련된 모든 것을 알 수는 없다. 그러나 똥을 통해 우리 몸의 건강 상태를 어느 정도 파악할 수는 있다. 그러니 똥을 더럽다고만 여기지 말고 모양이나 색을 잘 살펴 자신의 건강 상태를 점검해 보자.

은행 문은 왜 안쪽으로 열릴까

이재인

"은행 문은 왜 안쪽으로 열리는 걸까?"

한 손에는 우산과 가방을 들고 다른 손으로 유모차를 밀며 은행 문을 나서던 사람의 푸념이다. 생각해 보니 이런 불평에도 일리가 있다. 문을 밖으로 열리게 했으면 그것을 밀면서 나올 수 있었을 텐데.

그러나 세상에 까닭 없는 선택은 없다. 반드시 그렇게 해야 할 까닭이 따로 있을 것이다. 은행 문은 왜 밖으로 열지 못하게 되어 있을까? 그 까닭을 자세히 알기 전에 우선 문에 관해서 알아보자.

우리에게 문이란 어떤 뜻이 있을까? 국어사전에는 '드나들거나 물건을 넣었다 꺼냈다 하기 위하여 틔워 놓은 곳. 또는 그곳에 달아 놓고 여닫게 만든 시설'이라고 정의되어 있지만, 이것만으로는 부족하다. 좀 더 자세하게 말하면 문은 기능의 측면과 동시에 상징의 측면도 가지고 있다. 거기로 사람이 드나들 뿐 아니라, 어떤 것의 경계를 표시하고, 새로운 시작을 위한 기점* 역할도 한다.

조금만 생각해 보면 건축에서 문만큼 양면성을 띤 요소가 또 있을까 싶다. 문은 외부와 내부를 차단하기도 하고, 연결하기도 한다. 또한, 열린 공간과 공간을 기능적으로 연결하기도 하고, 그것들을 상징적으로 연결하기도 한다. 문은 막는 동시에 통과시킨다.

문은 여닫는 방법에 따라 크게 옆으로 밀어 여는 미닫이문과 안팎으로 여닫는 여닫이문이 있는데, 여닫이문은 다시 실내를 기준으로 하여 문이 안쪽으로 열리는 안여닫이와 바깥쪽으로 열리는 밖여닫이, 그리고 안팎으로 모두 열리는 양 여닫이로 나뉜다. 그런데 이러한 문들은 건물의 쓰임새에 따라 어떤 건물에는 안여닫이가, 어떤 건물에는 밖여닫이가 사용된다. 문이 열리는 방향이 왜 이렇게 달라야 할까? 무엇을 기준으로 안여닫이와 밖여닫이로 나뉘는 것일까? 여기에는 사회의 관습이나 개인의 기호와 같은 다양한 변수가 작용한다. 그러나 이를 기능의 측면에 국한해서* 살펴보면, 건축에서 문의 방향을 결정하는 요인은 크게 세 가지 정도로 꼽을 수 있다. 첫째, 공간의 활용, 둘째, 비상시의 대피, 셋째, 행동 과학*이 그것이다.

이 세 가지 측면을 중심으로 우리가 사는 주택부터 살펴보자.

• 기점 어떠한 것이 처음으로 일어나거나 시작되는 곳.
• 국한하다 범위를 일정한 부분에 한정하다.
• 행동 과학 인간 행동의 일반 법칙을 체계적으로 연구하는 학문.

현관문

현관은 개인의 공간인 집 안과 사회의 공간인 집 밖을 연결하는 통로 역할을 한다. 현관문은 보통 밖으로 열리는데, 그 방향을 결정하는 요인은 주거 형태가 아파트냐 아니냐에 따라 다르다.

아파트를 제외한 주택의 현관문은 문을 여닫는 방향을 결정하는 요인이 공간 활용인 측면이 강하다. 신을 신고 실내로 들어가는 외국과 달리 한국에서는 신을 벗고 실내로 들어간다. 즉 신을 벗어 둘 공간이 필요한 것이다. 그 공간의 크기는 집의 규모에 따라 다르겠지만 대략 1제곱미터 내외이고 현관문의 폭도 1미터 내외이니, 만약 현관문이 안으로 열린다면 문을 열 때마다 현관에 벗어 둔 신들이 이리저리 쓸려 다닐 것이다. 물론 현관이 아주 넓다면 상관없겠지만, 일반적으로 사람들은 현관보다 방 공간이 더 넓기를 원한다.

그에 비해 아파트의 현관문은 비상시의 대피를 더 중요시한다. 아파트는 여러 세대가 밀집해서 사는 공동 주택이다. 이러한 아파트에 사고가 난다면 많은 사람이 동시에 재난을 당할 수 있다. 그래서 문을 여닫는 방향은 사람들의 대피가 수월하도록 반드시 피난 방향으로 열리게 법으로 규정하고 있다. 즉 아파트의 현관문은 사람들이 들어오는 것보다 나가는 데에 더 큰 관심이 있음을 뜻한다.

이와 비슷한 예는 극장이나 공연장같이 사람들이 동시에 많이 모이는 장소에서 찾아볼 수 있다. 혹시 극장에서 안쪽으로

만 열리는 문을 본 적이 있는가? 극장 문은 보통 바깥쪽으로 열리도록 되어 있으며, 가끔은 안팎으로 열리는 문도 눈에 띄나 안쪽으로만 열리는 문은 없다. 이 역시 비상시에 많은 사람이 한꺼번에 밖으로 대피하기 쉽도록 문의 방향을 결정한 것이다.

방문

우리가 실생활에서 가장 많이 사용하는 문은 방문일 것이다. 방문은 보통 안쪽으로 열리는데, 그 결정 요인은 공간 활용과 행동 과학으로 설명할 수 있다.

현대 주택에서 방과 방은 보통 거실을 중심으로 연결되어 있다. 그런데 방문이 모두 방의 바깥쪽, 즉 거실 쪽으로 열린다면 거실은 방문에 가려서 그저 좀 큰 복도와 같이 되어 버릴 것이다. 이는 공간 활용 면에서 매우 비효율적이다.

행동 과학의 측면에서는 어떨까? 간단한 일상의 예로 이해해 보자. 민형이 어머니는 밤늦도록 공부하는 아들을 위해 간식을 준비해서 아들의 방문을 두드린다. 그 순간 방 안에서 공부하던 민형이가 방문을 밖으로 열고 나온다면? 당연히 어머니와 부딪히고, 어머니가 준비한 간식은 바닥에 나동그라지고 말 것이다. 생각해 보라. 어느 누가 자기 방에서 나오면서 노크를 하고 나오겠는가. 이처럼 방문을 안쪽으로 열도록 다는 것은 방 밖에 있는 누군가를 배려하기 위해서이다.

이쯤 되면 눈치 빠른 독자들은 다음과 같은 의문을 제기할지도 모른다.

"그럼 미닫이문으로 하면 될 일이지, 왜 여닫이문을 달아 놓은 거야?"

만약 이러한 질문을 던진 독자라면, 그 사고력에 아낌없는 칭찬을 해 주고 싶다. 그러나 건축가들도 그렇게 바보는 아니다. 문제는 벽면 활용에 있다. 방 안의 벽면을 머릿속에 떠올려 보자. 빈 벽면이 떠오르는가? 그보다는 침대며 화장대, 책장, 책상 등의 가구들이 세 면 아니면 네 면 모두를 차지하는 상황이 그려질 것이다. 여닫이문의 경우 90센티미터 정도 되는 문의 폭을 제외하면 모든 벽면을 활용할 수 있으나, 미닫이문의 경우에는 벽으로 밀리는 부분까지 1.8미터의 벽면이 필요하므로 벽면을 활용하는 데에 비효율적이다.

은행 문이 안쪽으로 열리는 까닭

자, 여기까지 읽었는데도 원하는 답은 안 나오고 계속 골치 아픈 이야기만 계속된다고 생각하시는 분들을 위해 은행 문이 열리는 방향을 결론지을까 한다.

은행은 다른 어느 곳보다도 안전과 신용*을 중시하는 곳이다. 물론 모든 건축이 안전을 전제한다는* 점은 은행과 마찬가지이다. 단지 대부분의 건축이 생각하는 안전은 재난으로부터

• 신용 사람이나 사물이 틀림없다고 믿어 의심하지 아니함. 또는 그런 믿음성의 정도.
• 전제하다 어떠한 사물이나 현상을 이루기 위하여 먼저 내세우다.

의 대피에 주 관심사가 놓여 있는 데 비해, 은행은 도난으로부터의 안전이 주 관심사인 차이가 있다. 그래서 은행에는 안여닫이를 다는 것이다. 도둑이나 강도가 범죄를 저지르고 도망칠 때 쉽게 도망치지 못하도록 말이다.

물론 은행에도 화재가 일어날 수 있고, 많은 사람이 출입하는 공공장소이기 때문에 대피에 관한 관심을 완전히 배제할˙ 수는 없다. 그러나 대부분 은행은 1층, 그것도 큰길에 바로 접해 있다. 그만큼 외부로 대피하기 쉬우므로 도난으로부터의 안전을 우선시하는 것이다. 물론 은행의 안전이 출입문 하나로 해결되는 것은 아니다. 그러나 문을 안으로 열게 하여 단 1초라도 도둑의 도피 시간을 지연하자는˙ 의도가 거기에 숨어 있다.

그리고 보면 드나듦을 목적으로 한다는 문이지만 들고〔入〕남〔出〕이 똑같지는 않은 듯싶다. 적어도 현대에 와서 문은 들어오는 것보다는 나가는 데에 더 큰 관심이 있는 것 같으니 말이다. 과연 독자들의 집 문은 사람들이 들어오는 것에 관심이 많은가, 아니면 나가는 것에 관심이 많은가?

• 배제하다 받아들이지 아니하고 물리쳐 제외하다.
• 지연하다 무슨 일을 더디게 끌어 시간을 늦추다. 또는 시간이 늦추어지다.

이재인 1967~
건축가, 대학교수. 홍익대학교 건축학과 및 같은 대학교 대학원에서 박사 과정을 수료했다. 건축의 대중화를 위한 연구와 집필 활동을 해 오고 있다. 지은 책으로 『건축 속 재미있는 과학 이야기』 『르 코르뷔지에, 건축가의 길을 말해 줘』 등이 있다.

왜 그때 소나기가 내렸을까

조지욱

황순원의 소설 「소나기」는 사춘기에 누구나 겪을 수 있는 첫 사랑에 대한 이야기이다. 이 소설은 서울에서 시골로 내려온, 윤 초시네 증손녀인 소녀가 개울가에서 한 소년과 만나면서 시작된다. 산 너머에 가 보자는 소녀의 제안에 둘은 산에 놀러 갔다가 갑자기 소나기를 만나고, 금세 불어난 개울물 때문에 소년이 소녀를 업고 개울을 건너 돌아온다. 소나기를 맞은 후 한동안 아팠던 소녀는 이사를 가게 되었다는 사실을 소년에게 전하고, 얼마 후 소년은 잠결에 부모님의 대화를 듣고 소녀의 죽음을 알게 된다.

왜 하필 소년과 소녀가 놀러 갔던 그때 소나기가 내렸을까? 개울물은 왜 그렇게 금방 불어났을까? 소나기와 우리나라 하천 지형*의 특성을 살펴보면서 이 질문에 대한 답을 찾아보자.

* 지형 땅의 생긴 모양이나 형세.

왜 하필 그때 소나기가 내렸을까: 소나기의 특성

「소나기」를 읽으면 한낮에 갑자기 내린 소나기가 참 원망스럽다. 왜냐하면 소나기를 맞은 후 여러 날을 앓던 소녀가 결국 죽음을 맞았기 때문이다. 그렇다면 소나기는 대체 어떤 비일까? 소나기는 대류성 강수이다. 대류성 강수란 땅에 있던 물이 증발해 하늘로 올라가서 무거운 소나기구름을 만들고 다시 비가 되어 짧은 기간 동안 제한된 지역에 내리는 자연 현상을 뜻한다. 대류가 가장 활발하게 일어나는 시간은 오후 2시에서 4시 사이, 뜨거운 대낮이다. 「소나기」에서 소나기가 내린 시간도 그날 하루 중 땅이 가장 뜨거운 때였을 것이다. 소나기는 계절적으로 대류가 잘 나타나는 무더운 여름에 자주 내리고, 뜨거운 봄날이나 가을날에도 가끔 내린다. 아침만 해도 하늘이 맑갰는데 갑자기 먹구름이 끼고 '우르릉 쾅쾅!' 쏟아지는 비가 소나기이다. 소년이 소나기가 내릴 것이라고 예상하지 못하고 소녀와 산에 놀러 간 것도, 소나기가 내릴 때 수숫단 속에서 잠시 비를 피해 볼 생각을 한 것도 모두 이러한 소나기의 특성 때문이다.

속담을 통해서도 소나기가 어떤 비인지 그 특성을 알 수 있다. "오뉴월 소나기는 쇠등(말 등)을 두고 다툰다."라는 속담은 오뉴월 소나기가 소의 등을 경계로 한쪽에는 내리고 다른 한쪽에는 내리지 않을 수도 있다는 말로, 여름철 소나기가 불규칙하게 내리거나 어느 한정된 지역에 내린다는 것을 의미한다. 이는 학교 운동장에 비가 내리는데도 한쪽 구석의 농구장

만은 멀쩡할 수 있다는 것이다.

대류성 강수는 습하고 뜨거운 곳에서 잘 나타난다. 아마존이나 콩고 우림 같은 열대 기후 지역에는 이런 소나기가 거의 매일 내린다. 열대 기후 지역은 가장 추운 달도 평균 기온이 18도를 넘는다. 종일 햇볕을 받아 데워진 땅에서는 쉼 없이 수증기가 증발하고, 오후가 되면 하늘에는 잔뜩 부풀어 오른 먹구름이 땅으로 떨어질 듯 매달려 있다가 여지없이 비로 내린다. 이때는 바람도 심하게 분다. 하지만 한두 시간이 지나면 거짓말처럼 비가 뚝 그치며 파란 하늘이 보인다. 그리고 하늘 한쪽에 예쁜 무지개가 보이기도 한다.

왜 개울물이 금방 불어났을까: 우리나라 하천 지형의 특성

「소나기」에서는 소나기가 내린 후 금방 불어난 물 때문에 소년이 소녀를 업고 개울을 건넌다. 소나기는 짧은 시간 동안 내리다가 그치는 비인데, 왜 소녀가 혼자 건너지 못할 정도로 개울물이 금방 불어났을까? 개울은 산골짜기나 들에 흐르는 작은 물줄기이다. 이와 같은 개울물이 빠른 시간 안에 불어나는 것은 우리나라의 하천 지형과 밀접한 관련이 있다. 우리나라는 산이 많고 산과 산 사이의 간격이 별로 넓지 않다. 그래서 그 사이에 흐르는 개울의 폭도 좁은 편이다. 따라서 짧은 시간 동안 비가 내리더라도 산을 타고 내려온 빗물이 개울로 흘러들면, 폭이 좁고 얕은 개울의 물은 순식간에 불어나고 물살 또한 빨라진다. 우리나라에서 뱃길이 발달하지 못한 까닭 중 하나도 이러한 하천 지형의 특성 때문이다.

두 강물이 만나듯 소년과 소녀가 만났다: 두물머리

「소나기」에는 양평이라는 지역명이 드러난다. 지도에서 경기도 양평을 찾아보면 소년과 소녀는 하늘이 맺어 준 인연이라는 생각이 든다. 바로 두물머리 때문이다. '두물머리'는 두 강물이 만나는 곳으로, 여기서 두 강물은 남한강과 북한강이다. 남한강은 강원도 태백의 검룡소에서 발원하여° 남쪽으로 내려가 충청도 충주를 돌아 양평으로 온다. 또 북한강은 강원도 금강산에서 발원하여 춘천을 지나 양평으로 온다. 서로 다른 곳에서 시작한 강이 서로 다른 곳을 흘러서 두물머리에서 만난다. 마치 시골에서 태어나 살아온 소년과 서울에서 태어나 자란 소녀가 만난 것처럼 말이다. 두물머리에서 만난 물은 하나의 한강이 되어 서울을 지나 서해 바다로 흘러 나간다.

옛날에 '두머리'로 불렸던 두물머리는 먼 길을 오가는 사람들의 쉼터이자 강원도 산골에서 연료나 목재를 싣고 온 뗏목°이 쉬어 가는 포구였다. 그러나 1973년에 팔당 댐이 생기면서 두물머리를 거쳐 서울로 드나들던 뱃길이 끊어졌다. 게다가 서울의 식수원°으로 상수원 보호 구역이 된 후 황포 돛대°를

° 발원하다 흐르는 물줄기가 처음 생기다.
° 뗏목 통나무를 떼로 가지런히 엮어서 물에 띄워 사람이나 물건을 운반할 수 있도록 만든 것.
° 식수원 먹는 물의 원천. 또는 그런 물이 있는 곳.
° 황포 돛대 누런색의 베로 만든 돛을 달아맨 기둥.

단 배도 다닐 수 없게 되었다. 오늘날 두물머리는 예전의 기능은 사라졌지만 그곳의 절경*을 감상하기 위하여 옛날보다 더 많은 사람들이 찾고 있다.

지금까지 소나기와 우리나라 하천 지형의 특성, 두물머리에 대해 살펴보았다. 소나기는 습하고 뜨거운 곳에서 잘 나타나는 대류성 강수이고, 우리나라 하천 지형은 개울의 폭이 좁고 얕아서 짧은 시간 동안 내리는 비에도 금방 물이 불어나는 특성이 있다. 그리고 두물머리는 남한강과 북한강이 만나는 지형으로 하나의 한강이 되는 곳이다. 이외에도 우리 생활 곳곳에서 만날 수 있는 기후와 지형의 특성에 관심을 가져 보는 것은 어떨까?

---

* 절경 더할 나위 없이 훌륭한 경치.

조지욱
지리 교사. 고등학교에서 한국 지리와 세계 지리를 가르치고 있다. 지은 책으로 『동에 번쩍 서에 번쩍 우리나라 지리 이야기』 『동에 번쩍 서에 번쩍 세계 지리 이야기』 『길이 학교다』 『문학 속의 지리 이야기』 등이 있다.

토끼는 용궁에서 살아 돌아올 수 있었을까

최원석

「별주부전」에는 뭔가 이상한 것이 있습니다. 눈치 못 채셨나요? 어떻게 육지에 사는 토끼가 물속에서도 멀쩡하게 살아 있는 것일까요? 수중 환경은 분명 토끼에게 맞지 않습니다. 그런데 토끼가 깊은 물속에 있는 용궁까지 무사히 갔을 뿐만 아니라 용궁에서도 멀쩡하게 살아서 용왕님을 알현합니다.* 혹시 스쿠버 토끼일까요? 수중 환경이 생활에 적합했다면 바다사자나 바다코끼리와 함께 바다토끼도 있었을지도 모릅니다. 그렇지만 이 토끼의 정체가 바다토끼가 아님은 분명해 보입니다.

폐로 숨쉬기 대 아가미로 숨쉬기

물고기는 수중에서 호흡을 할 수 있지만 토끼는 그럴 수 없습니다. 그 이유는 무엇일까요? 그것은 물고기의 아가미*는 물

• 알현하다 지체가 높고 귀한 사람을 찾아가 뵈다.
• 아가미 물속에서 사는 동물, 특히 어류에 발달한 호흡 기관.

속에서 호흡을 하기에 적당한 구조로 되어 있고, 토끼의 폐는 공기 중에서 호흡을 하기에 알맞게 되어 있기 때문입니다. 이는 당연한 이야기인데, 물은 공기에 비해 3~5퍼센트 정도의 산소밖에 없기 때문에 사람이 공기와 같은 양의 산소를 얻기 위해서는 200배나 많은 물을 들이마셔야 합니다. 이렇게 많은 양의 물을 마실 수 없기 때문에 물고기들은 수중에서 호흡하기에 적당한 기관인 아가미를 가지고 있는 것입니다. 아가미는 최대한 물에 많이 접촉할 수 있는 구조로 되어 있고, 항상 물이 한 방향으로 흘러 산소가 풍부한 물이 계속 공급됩니다. 입을 통해 들어온 물은 영양분과 산소가 걸러지면 아가미를 통해 배출됩니다. 금붕어들이 입을 뻐끔거리는 것도 신선한 물을 아가미로 많이 보내기 위한 일종의 펌프 작용입니다.

물속에서 금붕어나 고등어, 연어는 풍부한 물로 아가미 표면을 촉촉하게 하여 숨을 쉬게 됩니다. 그러나 금붕어, 고등어, 연어가 물 밖으로 나오면 아가미의 표면이 건조해지며 아가미의 각 부분들이 붙어 버려 질식사를 하게 됩니다. 반면 사람이나 토끼가 물속으로 들어갈 경우 아가미와 같은 기관이 없어 산소가 부족하기 때문에 숨을 쉴 수 없습니다.

그렇다면 호흡은 왜 중요한 것일까요? 물고기뿐만 아니라 토끼, 사람 등이 살아가기 위해서는 에너지가 필요합니다. 물고기, 토끼, 사람 등은 먹이를 소화시키고 이것을 산화하여 에너지를 얻습니다. 산화의 과정에서 산소가 필요한데, 이것이 바로 물고기, 토끼, 사람 등이 호흡을 해야 하는 이유입니다.

호흡을 할 수 없다면 에너지를 얻을 수 없게 되고, 에너지를 얻을 수 없다면 세포들은 죽게 되는 것입니다. 세포가 죽게 되면 여러분도 죽게 되고 토끼, 물고기 역시 죽게 되는 것입니다.

바닷속 얼마나 깊은 곳까지 내려갈 수 있을까

토끼가 용궁 구경을 하기 위해서는 호흡 외에도 해결해야 할 또 다른 문제가 있습니다. 바로 압력입니다. 인간도 토끼도 스쿠버 장비를 갖추면 물고기와 같이 바닷속을 다닐 수 있습니다. 하지만 산소를 공급받는다고 해서 무한정 바닷속으로 들어갈 수는 없습니다. 바로 압력 때문인데요. 압력을 극복하기 위해 어떤 일들이 벌어졌는지 알아보지요.

잠수의 역사는 기원전 4500년경 메소포타미아 지방에서 진주를 잡던 시대까지 거슬러 올라갑니다. 이후 인류는 잠수종*과 같은 여러 가지 장비를 가지고 잠수를 하였고, 잠함을 만들어 수중에서 작업을 할 수 있게 되었습니다. 와트*의 증기 기관에 의해 산업 혁명이 일어나고 철도가 유럽의 전역으로 뻗어 나가면서 강을 통과하기 위한 튼튼한 다리가 필요하게 되었습니다. 기차가 통과할 만큼 튼튼한 다리의 기초를 만들기 위해, 강바닥에서 노동자들이 작업을 할 수 있게 만든 것이 바로 잠함이었습니다. 잠함은 강철로 만든 종 모양의 거대한 함

• 잠수종 사람이 물속에 들어가 일할 수 있도록 만든 큰 종 모양의 물건.
• 와트(Watt, James, 1736~1819) 영국의 기계 기술자로 증기 기관을 발명했다.

을 강바닥에 가라앉힌 것으로, 내부에 압축 공기를 불어 넣어, 바닥을 통하여 작업을 할 수 있는 구조로 되어 있습니다. 이후 다리 건설뿐만 아니라 터널이나 항구 건설을 위해 잠함은 더욱 흔하게 사용되었고, 생산성을 높이기 위하여 잠함에서 노동자들이 일하는 시간은 점점 늘어났습니다.

그런데 잠함 속의 노동자들에게 구역질이나 근육의 경련, 멀미, 현기증, 발작 등이 발생하였습니다. 잠함 밖으로 나온 노동자들은 피부 간지러움이나 현기증에 시달리고 심지어 정신을 잃고 사망하는 일도 자주 생겼습니다. 이와 같은 증세를 케이슨 병(잠함병) 또는 잠수병이라고 부릅니다. 잠수병의 원인은 19세기 프랑스의 생리학자인 폴 베르가 잠수에 대한 연구를 하여 밝혔습니다. 높은 압력에서는 질소가 액체 상태로 몸 안에 많이 녹아듭니다. 몸에 녹아 있는 질소는 몸이 급하게 물위로 올라오게 되면 갑자기 줄어든 압력 때문에 기체로 바뀌게 되죠. 물론 서서히 올라오게 되면 질소가 폐를 통해 배출될 수 있지만, 급하게 올라오게 되면 혈액 속에서 기포가 되어 혈관을 막아 버려 건강을 해치게 되는 것입니다.

지상의 동물들이 장비 없이 깊은 물속에 들어갈 경우 폐에 큰 수압이 가해지게 되고 죽을 수도 있게 됩니다. 사람이 장비 없이 잠수한 세계 최고의 기록이 153미터를 넘지 못한다고 합니다. 물론 스쿠버 장비를 이용하여 폐 안의 압력을 수압과 같이 조절해 주면 더 깊은 곳까지 잠수가 가능합니다. 하지만 이때에도 올라올 때 급하게 물 밖으로 나오면 안 됩니다. 또한 대기 중의 공기를 압축하여 사용할 경우 산소나 질소 중독 증세를 일으킬 수 있습니다. 따라서 중독 증세를 없애기 위해 200미터 이내의 잠수에서는 헬리옥스(헬륨과 산소의 혼합 기체)를, 200미터 이상에서는 삼합 가스(헬리옥스에 질소를 첨가한 가스)를 사용합니다. 헬륨은 질소에 비해 혈액 속에 녹아드는 양도 적고 압력을 줄이는 시간도 줄여 주며 혼수상태를 유발하지도 않습니다. 하지만 열을 잘 전달해서 잠수부의 체온을 많이 뺏기 때문에 보온을 위해서는 열을 발생시키는 잠수복을 입어야만 하고, 아무리 가스를 잘 조절해서 사용한다고 해도 600미터 이상의 깊은 물속으로의 잠수는 쉽지 않습니다.

토끼는 물속에서 호흡할 수 없는 신체 구조를 가지고 있고 압력 때문에 깊은 물속까지 잠수를 할 수는 없습니다. 그러므로 「별주부전」의 토끼가 깊은 물속을 마음대로 돌아다니고도 살아 돌아올 수 있었던 것은 상상 속에서 가능한 것이지 현재로는 불가능하다고 할 수 있습니다. 그러나 과학이 더 발전하여 '호흡'과 '압력'의 문제를 해결할 수 있게 된다면 깊은 물속에 들어갔던 토끼가 살아 돌아오는 일이 현실에서도 가능해질 수도 있게 될 것입니다.

최원석 1970~
과학 교사. 대구대학교 물리교육과 및 같은 대학교 교육대학원에서 물리교육으로 석사 학위를 받았다. 지은 책으로 『세계명작 속에 숨어 있는 과학 1, 2』『십대를 위한 영화 속 과학 인문학 여행』 등이 있다.

지구에서 인간이 사라진다면

김정훈

어느 날 갑자기 지구에서 인간이 모두 사라졌어요. 이 글을 쓰는 저도, 그리고 글을 읽고 있는 여러분도 지금 하던 일을 멈추고 주변에 있는 모든 것들을 그대로 둔 채 사라져 버린 거예요. 정말 눈을 씻고 찾아봐도 지구에서 인간을 찾을 수 없어요. 이제부터 모든 인간이 사라진 뒤에 지구가 어떻게 변해 갈지 놀라운 장면들이 펼쳐질 거예요. 준비되었나요?

인간, 지구에 화려한 문명을 만들다

이 장을 넘기는 순간, 70억 인간은 지구에서 흔적도 없이 사라질 거예요. 그 전에 잠깐! 서울의 야경을 잠시 감상하고 갈까요? 철교를 달리는 지하철, 화려한 불빛을 뿜내는 빌딩 숲, 그리고 그 안에서 북적거리는 사람들. 이것이 여러분이 볼 수 있는 서울의 마지막 모습이라고 생각해 보세요. 어때요? 새삼 인간이 이룬 문명이 놀랍지 않나요? 지구 46억 년의 역사를

24시간으로 치면, 인류가 활동한 건 고작 30초에 지나지 않아요. 이렇게 짧은 시간 동안 인간은 만물의 영장을 자처하며 지구의 어떤 생명체보다 커다란 흔적을 남겼어요. 자동차, 지하철, 콘크리트 고층 건물, 고속 도로, 인공위성, 우주 정거장 등등! 지구의 대기권 바깥부터 지하 깊숙한 곳까지 인간의 손길이 닿지 않은 곳은 없죠. 하지만 이제 우리는 인간이 없는 지구를 상상해 볼 거예요.

불빛이 사라지고 썩은 냄새가 진동한다

인간이 모두 사라진 직후, 수십만 명의 사람들로 시끌벅적하던 뉴욕 타임스 스퀘어 광장이 일순간 조용해졌어요. 하지만 광장은 여전히 화려한 조명들로 가득하죠. 모든 발전소는 컴퓨터로 제어되기 때문에 발전소를 관리하던 사람이 사라져도 당분간은 큰 문제 없이 전력을 공급할 수 있어요. 하지만 한 달쯤 지나자 타임스 스퀘어는 암흑 도시로 변했어요. 연료를 공급해 주는 사람이 사라지자, 한 달간 남은 연료로 돌아가던 화력 발전소가 전기 생산을 멈췄거든요. 또 인간이 사라지면 전기 사용량도 줄어드는데, 원자력 발전소의 자동 전력 시스템은 이렇게 줄어드는 전력 사용량을 인식하고 사용 전력이 발전 가동 최소치보다 작아지면 발전을 자동 중단해요. 이렇게 정전 사태는 전 지구로 퍼졌고, 우주에서 바라본 지구의 밤은 칠흑 같아요.

6개월이 지났어요. 지구는 어떻게 변했을까요? 우선, 지구의 밤은 쥐들이 차지했어요. 공기는 끔찍한 악취로 가득해졌고요. 늘 인간에게 먹이를 받아먹던 반려동물과 가축들 그리고 동물원의 동물들은 집과 우리를 탈출하지 못하거나, 먹을 것이 없어 굶어 죽어 썩어 가고 있기 때문이에요. 또 전기가 끊긴 냉장고 안에서도 음식 썩는 냄새가 진동해요.

지구의 새로운 지배자, 식물

인간이 사라지고 1년이란 시간이 흘렀어요. 지구의 지배자로 군림하던˚ 인간 대신 어떤 생물들이 그 자리를 꿰찼을까요? 번식력이 뛰어난 쥐? 개미? 놀랍게도 인간이 없는 지구를 가장 먼저 지배한 건 식물이에요. 150여 년의 역사를 자랑하던런던 시계탑도 늘 관리해 주던 인간이 사라지자, 그 주변에 강아지풀, 명아주 등이 자리를 잡았고 이에 질세라 덩굴 식물들도 시계탑을 칭칭 휘감으며 자라기 시작했어요. 식물들은 5년만에 지표면˚ 대부분을 덮더니, 20년 후에는 유리가 깨진 건물 안에도 자리를 잡고 자라기 시작해요. 도시는 온통 식물들 천지가 되었어요.

인간의 안식처였던 집들은 어떻게 되었을까요? 안타깝게도 나무로 지어진 집들은 20년도 안 돼 거의 다 무너졌어요. 습기와 곰팡이, 나무를 갉아 먹는 벌레들 때문이죠. 그리고 번

˚군림하다 어떤 분야에서 절대적인 세력을 가지고 남을 압도하다.
˚지표면 지구의 표면. 또는 땅의 겉면.

개가 치는 날이면 도시에 있는 여러 고층 건물들은 불길에 휩싸이곤 해요. 번개를 막아 주던 피뢰침이 30년도 안 돼 녹슬어 버렸기 때문이죠. 한번 발생한 화재는 도시 전체로 퍼져서 도시를 불지옥으로 만들고, 탈 물질이 더 이상 없으면 서서히 꺼져 버리죠. 그리고 타면서 발생한 질소 산화물은 식물의 영양분으로 쓰여 지구는 더욱 식물이 살기 좋은 환경으로 변했어요.

철기 시대가 막을 내린다

인간이 사라진 지 150년, 우리가 알던 뉴욕은 어떤 모습으로 변했을까요? 뉴욕을 상징하던 자유의 여신상이 고꾸라지기 일보 직전이에요. 청동으로 만들어진 겉 부분은 공기와 비로 인해 녹슬면서 다 벗겨졌고, 그 사이로 노출된 철골 구조물도 녹슬어 버린 탓에 220톤이나 되는 무게를 견디지 못한 거죠. 지구에 사람이 존재하던 시절에는 여러 차례 보수 공사를 받으며 130여 년을 거뜬히 버텼지만, 이제 이 여신상을 관리해 줄 사람은 그 어디에도 없어요. 그리고 건설 당시 가장 긴 다리로 유명했던 뉴욕의 브루클린 다리마저도 끊어져 버렸어요. 다리의 무게를 지탱하던 철로 만들어진 케이블이 철을 먹는 박테리아와 공기에 의해 산화되면서 약해졌기 때문이죠. 인간이 사라지면서 거리 곳곳에 그대로 방치된 수많은 자동차들의 운명은 어떻게 되었을까요? 자동차 역시 같은 이유로 고철이 된 지 오래예요. 이렇게 인간이 사라진 지 150년 만에 철기 시대가 막을 내리기 시작했어요.

인류 문명은 희미하게 흔적만 남는다

잠시 눈을 감아 볼까요? 눈을 떴을 때 보이는 이 세상은 1,000년 후 지구예요. 새들은 아름다운 하늘을 날고, 울창한 숲이 펼쳐져 있어요. 거대한 나무뿌리와 흘러내리는 폭포 사이로 어렴풋이 돌에 새겨진 사람 얼굴이 보여요. 믿을 수 없겠지만 이곳은 미국 역대 대통령들의 얼굴이 조각되어 있던 러시모어산이에요. 이처럼 지구 대부분 지역은 거대한 숲으로 변했어요. 숲속에서 종종 마주치는 석회암과 대리석으로 만든 건축물들만이 인류 문명이 존재했음을 증명해 주고 있을 뿐이에요.

그렇다면 튼튼해 보이던 콘크리트 건물들은 모두 어디로 사라졌을까요? 콘크리트 건물은 이미 500년 전에 모두 무너졌어요. 콘크리트의 작은 구멍으로 산소가 조금씩 들어가는 바람에 콘크리트 안의 철이 녹슬고, 부피가 커지면서 철근을 감싸던 콘크리트가 부서져 버렸기 때문이에요. 게다가 '티오바실러스 티오옥시단스'라는 미생물이 1년에 1센티미터씩 야금야금 콘크리트를 갉아 먹더니 500년도 안 되어서 콘크리트의 잔해마저 거의 다 먹어 치웠죠. 플라스틱도 찾아보기 힘들어요. 자외선에 300년 이상 노출된 플라스틱은 분자 간 결합이 매우 약해져서 미생물이 먹기 쉬운 상태로 변한 탓에 분해되어 버렸거든요. 인류의 화려하고 위대했던 문명은 이렇게 모두 사라졌지만, 아이러니하게도[*] 지구는 그보다 더 화려하며 아름다운 생명들로 가득 찬 푸른 행성으로 변했어요.

---

* 아이러니하다 모순된 점이 있다.

김정훈 1986~
월간 『과학소년』 기자. 생활 주변의 과학 현상을 알기 쉽게 소개하는 글을 주로 쓰고 있다.

관계는 첫인상부터 시작된다

이철우

사람 사이의 모든 관계는 만남에서 시작된다. 만남 없는 관계란 있을 수 없고, 설사 있다 하더라도 극히 드물다. 다른 사람과 직접 얼굴을 마주하는 만남이 일반적이지만 전화나 전자 우편을 통한 만남도 얼마든지 있을 수 있다. 이러한 만남 가운데 가장 중요한 것은 첫 만남인데, 왜냐하면 사람들이 처음에 형성된 인상을 좀처럼 바꾸려 하지 않기 때문이다.

사람들이 첫인상을 형성할 때에 사용하는 정보는 대단히 제한적이다. 쓸 수 있는 정보라고는 기껏해야 상대의 얼굴 생김새, 체격, 키 등의 겉모습과 몸짓, 말투 정도이다. 하지만 이러한 정보만으로도 우리는 상대의 첫인상을 무리 없이 형성한다. 무리가 없는 정도가 아니라 첫인상만으로 상대의 성격뿐만 아니라 모든 것을 판단해 버린다.

뚱뚱한 사람을 보면 낙천적일 것이라고 생각하는 사람이 있는가 하면, 먹는 것 하나 절제하지 못하는 사람으로 여기는 사람도 있다. 마찬가지로 마른 사람을 보고 지적이고 예리한 성격일 것이라고 생각하는 사람이 있는가 하면, 얼마나 예민하면 저렇게 살이 찌지 않았냐면서 날카로운 성격으로 단정해 버리는 사람도 있다. 이처럼 사람들은 자기의 경험과 지식을 잣대로 상대의 첫인상을 결정해 버린다.

사람들은 왜 극히 제한된 정보로 형성된 첫인상을 바꾸려고 하지 않을까? 여기에는 여러 가지 원인이 있겠지만 가장 중요한 원인은 우리들 마음속에 있는 '가설 검증 바이어스'*이다.

첫인상이 형성되고 난 다음에 사람들은 자신의 판단이 옳다는 것을 증명하는 정보만 선택적으로 받아들이고 자신이 내린 판단에 들어맞지 않는 정보는 무시하거나 쉽게 잊어버린다. 뚱뚱한 사람은 절제력이 부족하다고 생각하는 사람은 뚱뚱한 사람의 여러 행동 중에서 자기의 생각에 부합하는* 것만 기억하고 나머지는 아예 무시해 버린다. 이 사람은 이러한 과정을 거듭하면서 자기의 생각이 옳다고 제멋대로 확신해 버린다. 이러한 현상을 사회 심리학에서는 '가설 검증 바이어스'라고 부른다.

사회 심리학자인 스나이더와 스완은 한 가지 실험을 통해 '가설 검증 바이어스'를 입증하였다.* 이들은 실험 대상인 대학생들에게 자신들이 제시하는 질문으로 앞으로 만나게 될 사

• 바이어스(bias) 편견. 공정하지 못하고 한쪽으로 치우친 생각.
• 부합하다 사물이나 형상이 꼭 들어맞다.
• 입증하다 어떤 증거 따위를 내세워 증명하다.

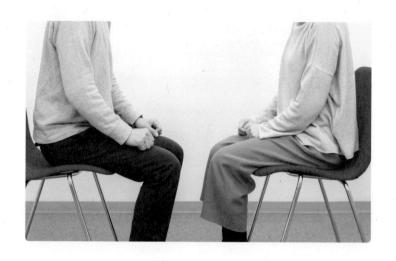

람의 성격을 판단해 달라고 하였다. 그러고 나서 이들은 내향적인 성격임을 증명하는 질문과 외향적인 성격임을 증명하는 질문 26개를 대학생들에게 보여 주었다. 그런 다음 어떤 사람을 만났을 때 그 사람의 성격을 판단하는 데 도움이 될 것 같은 질문 12개를 자신들이 제시한 26개의 질문 중에서 선택하라고 했다. 일반적으로 사람의 성격을 파악하기 위해서는 다양한 질문을 선택하기 마련이다. 하지만 실험 결과, 대학생 대부분은 그 사람의 성격이 외향적인가 내향적인가를 먼저 판단한 다음, 그것을 뒷받침할 수 있는 질문만 선택하였다. '가설 검증 바이어스'가 입증된 것이다.

이러한 '가설 검증 바이어스'는 첫인상뿐만 아니라 우리의 생활 전반에 영향을 미치고 있다. 혈액형에 따라 성격을 분류하는 '혈액형 성격학'이 들어맞는 것처럼 생각하는 주된 근거도 '가설 검증 바이어스'이다. 사람들은 상대의 혈액형에 부합한다고 생각하는 성격이나 행동만을 의도적으로 수집하고 또 그것을 축적하여,* 혈액형이 성격과 관련 있다고 믿는다. 가령, 사람들은 A형인 사람의 여러 행동 중 내성적이고 소심하다는 것을 입증할 수 있는 정보만을 받아들인다. A형의 사람이 대범하게 행동하는 것을 보더라도 대수롭지 않게 받아들이고 그것은 곧 기억에서 사라진다. 기억에 남는 것이 내성적이고 소심한 행동뿐이다 보니 혈액형 성격학이 맞는 것처럼 여기는 것이다.

미국의 한 심리학자가 사람의 성격을 나타내는 555개의 단어를 정리한 적이 있다. 555라는 숫자가 말해 주듯이 사람의 성격은 매우 다양하다. 게다가 사람의 성격이란 상황에 따라 서로 다른 모습으로 나타날 때가 많다. 직장에서는 자상한 모습으로 일관하던 사람이 집에서는 엄한 아버지로 군림하는 것은 드문 일이 아니다. 또한 주변에 사람이 많으면 수줍어 말도 잘 못하던 친구가 친한 친구끼리 모였을 때에는 전혀 다른 모습을 보여 주는 경우도 많다. 사람의 성격에는 여러 가지 측면이 있을 수 있다는 이야기이다.

첫인상은 여러 측면이 있을 수 있는 상대의 성격을 제한된 정보뿐인 자기의 잣대로 재단하여 마음대로 형성한 것이기에 위험하다. 이 모두가 '가설 검증 바이어스' 때문이라는 것은

• 축적하다 지식, 경험, 자금 따위를 모아서 쌓다.

두말할 필요가 없다. 따라서 우리는 '가설 검증 바이어스'를 버리고 지속적인 관계를 통해 상대의 실제 모습을 보아야 할 것이다.

이철우 1958~

사회 심리학자. 서울대학교 외교학과를 졸업하고 일본 도쿄대학교에서 사회 심리학 석사·박사 학위를 받았다. 강연, 방송 등에서 사회 심리학을 일반인들에게 알기 쉽게 전하는 활동을 해 왔다. 지은 책으로 『주식시장을 움직이는 심리의 법칙』『세상을 움직이는 착각의 법칙』『인간관계가 행복해지는 나를 위한 심리학』『관계의 심리학』 등이 있다.

군사들에게 종이 옷을 보낸 인조

조희진

　변방에는 두꺼운 얼음이 얼어 추위와 굶주림을 견디기 어려운데, 병사들이 춥고 의지할 곳이 없으니 두려운 마음이 생기기 쉬울 것이다. 적들의 칼날을 마주치기도 전에 고달픔이 이와 같으니 백성의 부모 된 처지에 어찌 이를 측은하게˙ 여기지 않겠는가. 서쪽 변방을 지키느라 고생하는 장수와 병사들을 헤아려 등급을 나눈 다음, 비단과 명주 같은 옷감을 주어 나의 마음을 전하도록 하라. 그리고 군졸들에게도 솜옷, 개가죽으로 만든 갖옷, 종이 옷을 고르게 나누어 주고 그들이 조정의 지극한 뜻을 저버리지 않도록 특별히 보살피라고 비변사˙와 병조,˙ 호조˙에 전하라.

• 측은하다 가엾고 불쌍하다.
• 비변사 조선 시대에 군사와 관련된 중요 업무를 의논해 결정하던 회의 기구.
• 병조 조선 시대에 국방과 병사에 관한 일을 맡아 보던 관청.
• 호조 조선 시대에 세금과 예산에 관한 일을 맡아 보던 관청.

조선의 제16대 왕 인조는 어느 눈 내리는 겨울날, 서북 변방을 지키는 군사들의 겨울 준비를 어떻게 도와야 할지 고민하느라 잠을 설쳤나 봅니다. 그리고 생각 끝에 방한용 옷을 마련해서 서둘러 보내라 명했던 것이지요. 그런데 그가 보낸다고 했던 옷을 가만히 보니, 전혀 추위에 도움이 되지 않을 것 같은 물건이 하나 있습니다. 솜을 넣어 만든 두툼한 솜옷과 짐승의 가죽으로 만든 갖옷은 겨울을 나는 데 꼭 필요한 물건입니다. 하지만 '종이 옷'이라니요! 얇은 종이로 추위를 막으라니, 이 무슨 해괴한 말일까요?

서북 변방은 한양보다 매서운 추위가 몰아닥치는 곳이라고 하니, 국경을 지키는 군사들에게 솜옷은 꼭 필요한 물건이었을 것입니다. 개가죽으로 만든 갖옷 또한 마찬가지입니다. 비록 고급스러운 재료가 아니고 털이 짧기는 하지만, 그래도 모피이니 얇은 옷감보다는 훨씬 나았지요. 무명으로 만든 옷 위에 덧입으면 웬만한 추위쯤은 물리칠 수 있는 든든한 겨울옷이었을 것입니다.

그러나 '갑절이나 추운 변방'이라 '측은'하다 해 놓고 인조는 군사용품 목록에 버젓이 종이 옷을 포함했습니다. 쉽게 찢어지고 물에도 약한 종이, 그 종이로 옷을 만들 수나 있는 걸까요? 또 종이 옷을 만들어 보내면 군사들의 겨울나기에 과연 도움이 되기는 했을까요? 여기서 우리의 고민도 깊어집니다. 하지만 그리 오래 걱정할 필요는 없습니다. 그 해답이 이제 곧 등장하니까요.

인조가 변방의 군사들에게 보내려 한 '종이 옷'이란 우리의 상상처럼 종이를 오려 붙여 만든 옷이 아니라 '종이를 잘 활용한 옷'입니다. 즉, 옷감과 옷감 사이에 종이를 넣어 만든 옷을 말합니다. 그런데 왜 옷감 사이에 종이를 넣느냐고요?

목화를 키우기 어려운 변방에서 군사들이 따뜻하게 겨울을 날 수 있을 만큼 많은 솜을 구하는 것은 결코 쉬운 일이 아니었습니다. 변방이 아닐지라도 조선의 생산 환경 속에서 솜은 늘 부족하기 마련이었지요. 그런 상황에서 솜을 대신하고, 솜과 함께 썼을 때 그 효과를 최대로 높일 수 있는 재료가 바로 종이였습니다.

종이 옷을 만드는 방법은 아주 간단합니다. 옷감과 옷감 사이에 종이를 넣어 같이 꿰매면 끝이지요. 비록 두툼한 솜만큼 따뜻하지는 않을지라도 옷감 사이에 종이를 넣어 꿰매 입으면, 옷감만으로 옷을 지었을 때보다 찬 바람을 막는 효과가 한층 커집니다.

무엇보다도 이때 사용한 것은 닥나무로 만든 종이였기 때문에 쉽게 찢어지지 않을 뿐만 아니라 두께가 얇고 가벼워서 옷감 사이에 집어넣어도 전혀 불편함이 없었습니다. 솜을 아주 조금밖에 넣지 못할 때라도 종이를 포개어 함께 바느질하면 옷감과 종이, 솜이 서로 겹쳐져서 바람이 통하는 것을 더욱 효과적으로 막을 수 있었습니다. 그리고 이렇게 옷을 만들면 공기층이 여러 겹 생기기 때문에 두께가 얇아도 추위를 더욱 잘 막아 주는 옷이 됩니다.

그뿐만 아니라 솜과 종이, 옷감을 함께 바느질하면 종이의 거칠거칠한 표면 덕분에 마찰력이 생겨서 솜이 미끄러져 아래쪽으로 늘어지거나 떨어지는 것을 막을 수 있습니다. 종이의 이런 효능은 방한용품이 턱없이 부족한 변방에서 군사들의 추위를 막는 데 아주 큰 도움이 되었지요.

하지만 아직 감탄하기에는 이릅니다. 이렇게 군사들을 따뜻하게 하는 데 도움이 된 종이에 숨은 비밀이 하나 더 있으니까요. 어떤 비밀이냐고요?

예전에는 솜만큼이나 귀한 것이 종이였습니다. 그도 그럴 것이 종이를 만드는 과정에 많은 정성과 노고가 필요했으니까요. 종이를 만들기 위해서는 우선 닥나무를 베어 커다란 솥에 넣고 쪄서 겉껍질을 모두 벗겨 내야 했습니다. 그리고 고운 속껍질을 모아 잿물°에 삶아서 한참 동안 불렸다가 맷돌로 곱게 갈거나 방망이로 두들겨 닥나무의 섬유를 잘게 찢었지요. 이것을 풀과 섞어 한 장, 한 장 대발°로 종이를 떴습니다. 끝이냐고요? 천만에요! 물기를 빼고 뜨거운 돌 위에 얹어 한 장씩 말려야 비로소 종이 한 장을 얻을 수 있었습니다. 그러니 귀하기로 따진다면 옷감 못지않은 물건이 바로 종이였지요.

그 때문에 나랏일에 필요한 문서나 책을 만들 때를 제외하고는 새 종이를 마음껏 쓸 수가 없었습니다. 한번 사용한 종이라

• 잿물 짚이나 나무를 태운 재를 우려낸 물. 예전에 주로 빨래할 때 썼다.
• 대발 대를 엮어서 만든 발.

도 잘 모아 두었다가 재활용하는 것은 습관처럼 당연한 일이었지요. 군사들에게 보낸 종이도 그런 재활용품인 '낙복지'였습니다. 낙복지란 과거 시험에 낙방한 사람의 답안지를 말합니다. 종이가 워낙 귀했던 때라 선비들의 답안지까지 따로 거둬서 알뜰하게 사용한 것이지요. 먹물로 쓴 글자 때문에 다소 지저분해 보이기는 해도 종이의 성질은 그대로라서 옷감 안쪽에 넣는 데에는 아무런 문제가 없었습니다. 솜과 옷감, 털가죽과 각종 방한용 물자가 부족한 상황에서 낙복지는 군사들을 조금이라도 따뜻하게 입히고 싶은 왕의 근심을 덜어 주는 고마운 재료였습니다.

조선의 역사와 정치, 일상생활을 담은 『조선왕조실록』에서, 낙복지로 만든 종이 옷에 관한 기록은 외세의 침략에 반복적으로 시달렸던 시기에 유난히 자주 등장합니다. 선조부터 광해군, 인조에 이르기까지 여러 왕이 겨울이 되면 어김없이 낙복지를 구해 변방으로 보내어 군사들에게 고마움과 미안함, 안타까운 마음을 전하곤 했습니다.

아마도 임진왜란과 정유재란, 정묘호란과 병자호란 같은 외세의 침입 때문에 백성들과 함께 고난과 역경을 이겨 낸 왕들인지라, 나라를 지키는 군사들의 중요함과 백성들의 고마움을 더욱 간절히 느꼈던 것이겠지요. 그래서 그들은 군사들이 추위를 이기고 무사히 겨울을 보낼 방법을 찾으려고 끊임없이 고심했을 것입니다.

그러니 낙복지로 만든 종이 옷은 변방을 지키는 군사들에 대한 왕의 마음을 담은 선물이자, 절박한 환경 속에서 추위를 이겨 내기 위해 수없이 고민한 결과로 탄생한 지혜의 산물인 셈입니다.

조희진

안동대학교 의류학과와 같은 대학교 대학원 민속학과를 졸업했고, 고려대학교 대학원에서 사회학 박사 학위를 받았다. 지은 책으로 『갓 쓰고 도포 입고 에헴』 『댕기 드리고 꽃신 신고 사뿐사뿐』 『조선 시대 옷장을 열다』 등이 있다.

생명의 그물을 함부로 끊지 말아요

최재천

카이밥고원의 생명의 그물

1907년 미국 정부는 한 해 동안 늑대 1,800마리와 코요테 2
만 3,000마리를 잡아 죽였어요. 그 동물들이 인간뿐만 아니라
다른 약한 야생 동물에게도 해를 끼치기 때문에 죽여도 괜찮
다고 생각했어요. 늑대와 코요테뿐만이 아니에요. 퓨마와 곰
처럼 날카로운 이빨과 발톱을 지닌 동물은 토끼나 사슴 같은
초식 동물에게 위협을 준다고 생각해 아무런 거리낌 없이 죽
였어요. 다른 동물을 잡아먹고 사는 포식 동물은 없어져야 할
악당처럼 여겨졌어요.

그렇다면 약하고 순한 동물들에게 악당이 사라진 자연은 천
국이었을까요? 카이밥고원에서 있었던 일이 그에 대한 답이
될 것 같네요. 미국의 그랜드 캐니언 북쪽에 있는 카이밥고원
에는 1906년에 약 4,000마리의 검은꼬리사슴들이 살고 있었
어요. 이곳에서도 악당을 없애는 작업이 시작되어 25년 동안

퓨마, 늑대, 코요테, 스라소니 등이 무려 6,000마리나 사라졌어요. 포식 동물이 확 줄어들자 1923년에는 검은꼬리사슴이 6~7만 마리까지 늘어났어요. 그런데 어찌 된 일인지 그 뒤로는 사슴의 수가 갈수록 줄어들었어요. 1931년에는 2만 마리로, 1939년에는 1만 마리로……

사슴은 왜 갑자기 늘어났다가 갑자기 줄어들었을까요? 사슴이 갑자기 늘어난 이유는 쉽게 짐작할 수 있을 거예요. 사슴을 잡아먹는 포식 동물이 사라졌으니 자연스럽게 사슴의 수가 늘어난 겁니다. 그럼 사슴은 왜 계속 늘지 않고 줄어들기 시작했을까요? 사슴이 너무 많아지자 먹이가 부족해졌기 때문이에요. 먹이가 모자라니 굶어 죽는 사슴이 늘어날 수밖에 없었죠. 굶주린 사슴들은 먹을 것을 찾다 찾다 식물의 어린 싹까지 먹어 치웠어요. 식물이 제대로 자라지 못하면 먹을 것이 더 줄어들 텐데도 사슴들은 당장 주린 배를 채우는 게 급했어요.

인간은 늑대나 코요테 같은 악당이 없어지면 카이밥고원이 평화로운 낙원이 될 것으로 생각했어요. 그런데 그 예측은 보기 좋게 빗나갔어요. 사나운 포식 동물이 사라진 카이밥고원은 검은꼬리사슴들에게도 결코 살기 좋은 곳이 아니었어요. 늑대 같은 포식 동물이 있어서 검은꼬리사슴은 카이밥고원에서 굶어 죽지 않고 살아갈 만큼 적당한 수를 유지할 수 있었어요. 그런데 포식 동물이 사라지자 저희끼리 먹이를 두고 경쟁이 심해졌어요. 인간은 먹고 먹히는 자연의 세계에 끼어들어 그 질서를 마음대로 바꾸어 보려 했지만 결국 성공하지 못했어요.

과학자들의 실험

그 뒤 미국의 과학자들은 만일 바다에서 카이밥고원과 비슷한 일이 벌어진다면 어떤 결과가 나올지 궁금했어요. 그래서 한 가지 실험을 해 보기로 했습니다. 과학자들은 먼저 바위가 있는 바닷가 물웅덩이에 야외 실험장을 차렸어요. 물웅덩이에는 불가사리와 따개비, 홍합, 삿갓조개, 달팽이 등과 갖가지 해조류가 살고 있었어요.

불가사리는 카이밥고원의 늑대나 코요테에 견줄 만한 바다의 포식 동물입니다. 녀석들은 워낙 먹성이 좋아 여러 가지 동물을 가리지 않고 잡아먹어요. 저보다 약한 동물을 닥치는 대로 잡아먹는 불가사리를 없애면 다른 바다 생물이 평화롭게 살 수 있지 않을까요? 그러면 바다에 좀 더 많은 생물이 터를 잡지 않을까요?

과학자들은 실험을 시작하면서 바닷속 악당인 불가사리를 보이는 대로 없애 버렸어요. 6개월쯤 지나자 불가사리가 사라진 물웅덩이에서 새로운 따개비 종이 자리를 잡기 시작했어요. 그러다 점차 홍합이 늘더니 마침내 다른 생물과 비교할 수 없을 정도로 많아졌어요. 홍합은 바위에 들러붙어 사는데, 그 수가 많아지니 홍합 한 종이 바위를 몽땅 차지해 버린 거예요. 그러자 해조류는 한 종만 빼고 모두 자취를 감추어 버렸어요. 해조류가 없어지니 그걸 먹고 살던 생물도 잇달아 사라졌어요. 처음에 열다섯 종이던 바다 생물은 여덟 종으로 줄어들었어요.

흉악한 포식 동물인 불가사리만 없애면 다른 생물은 안전한 환경에서 번성할 줄 알았는데, 결과는 그게 아니었어요. 오히려 홍합 같은 번식력 좋은 몇몇 종이 물웅덩이를 차지하고 수가 적은 희귀종을 밀어내 버렸어요. 알고 보면, 희귀종 동물은 불가사리가 홍합 같은 동물을 잡아먹으니 그나마 기를 펴고 살 수 있었던 거예요. 불가사리는 희귀한 동물도 간혹 잡아먹었을 테지만, 홍합 같은 흔한 동물을 더 많이 먹어 치웠을 테니까요.

과학자들은 실험을 통해 자연의 질서가 아주 오묘하다는 사실을 깨달았어요. 불가사리 같은 무서운 포식 동물이 약하고 희귀한 동물도 살아갈 수 있는 풍요로운 바다를 만든다니! 인간은 섣불리 쓸모없을 거라고 판단했지만, 불가사리 또한 바다에서 없어서는 안 될 소중한 생명이었어요. 카이밥고원에서 늑대와 코요테가 그랬던 것처럼요.

클리어 레이크에서 일어난 일

그런데 미국에서 악당 대접을 받은 동물이 또 있었어요. 이번에는 덩치가 아주 작은 곤충이었습니다. 1940년대 샌프란시스코 북쪽 클리어 레이크(Clear Lake)에서 있었던 일이에요. 클리어 레이크는 이름처럼 맑은 호수가 있는 곳이어서 관광지로 인기를 끌었어요. 그런데 관광을 온 사람들이 하루살이가 많아 성가시다며 불평을 했어요.

그 마을 사람들은 대책 회의를 열었습니다. 그들은 하루살이를 없애기 위해 호수에 살충제를 뿌리기로 했어요. 무는 곤충도 아니고 사람을 좀 귀찮게 할 뿐인데, 아예 하루살이의 씨를 말리기로 작정을 한 거예요. 처음 살충제를 조금 뿌렸을 때는 기적 같은 효과가 있었어요. 하루살이가 모조리 죽은 것 같았어요. 그러나 기적은 잠시, 더 성가신 하루살이가 나타나서 사람을 더 귀찮게 했어요. 이에 질세라 사람들은 살충제를 더 뿌렸어요. 날이 갈수록 하루살이는 더 강해졌고, 그에 따라 사람들은 살충제를 더 많이 뿌렸어요.

그러던 어느 날, 물고기들이 호수 위에 허연 배를 드러낸 채 둥둥 뜨기 시작했어요. 무슨 일인지 곧이어 논병아리가 떼죽음을 당했어요. 죽은 동물의 몸을 검사해 보니 상상하기 어려울 만큼 살충제가 많이 쌓여 있었습니다. 싹 없애려던 하루살이는 살충제를 견디는 힘이 날로 세져서 기세등등하게 살아남고, 하루살이를 먹이로 삼는 물고기와 물고기를 먹고 사는 새들만 애꿎게 죽어 나간 거예요. 살충제는 정작 하루살이에게는 별 영향을 주지 못하고, 맑고 아름다운 호수를 죽음의 호수로 바꾸어 놓고 말았어요.

생명의 그물을 끊지 말아요

자연에서 생명은 마치 그물처럼 이어져 있어요. 카이밥고원에서는 늑대와 검은꼬리사슴과 식물의 싹이, 바닷속에서는 불가사리와 따개비와 홍합과 갖가지 해조류가, 클리어 레이크에서는 하루살이와 물고기와 논병아리가 줄줄이 연결되어 있지요. 각각의 생명은 그물에서 한 코를 차지할 뿐인데, 그물 한 코가 망가지면 그와 연결된 다른 그물코들이 줄줄이 영향을 받습니다.

그러므로 수많은 생명이 오랜 시간에 걸쳐 함께 짜 내려온 생명의 그물을 함부로 끊어서는 안 돼요. 생명의 그물은 인간이 상상하는 것보다 훨씬 복잡하고 거대합니다. 잘못 건드리면 그 영향이 어떻게 나타날지 아무도 알 수 없어요. 재앙이 닥친 뒤에야 원인을 추측할 수 있을 뿐이에요. 그런데 생명의 그물에서 한 코를 차지할 뿐인 인간은 지금도 생명의 그물에 마음대로 손을 대고 있어요. 카이밥고원에서, 클리어 레이크에서 아직도 교훈을 제대로 얻지 못한 거예요.

나는 자연의 속살을 들여다보는 과학자로서, 또 한 사람의 인간으로서 생명의 그물을 오롯하게 지켜 내는 것이 우리 스스로를 지키는 길임을 사람들이 하루빨리 깨닫게 되기를 간절히 바랍니다.

남극과 북극, 어떤 점에서 다를까

고현덕 외

　지구에서 따뜻한 태양 에너지를 넉넉하게 받지 못하는 땅이 바로 남극과 북극이다. 이 두 지역은 겉으로는 비슷해 보이지만 서로 전혀 다른 특징을 갖고 있다.

　남극은 면적이 1,360만 제곱킬로미터로, 한반도의 60배에 이르는 거대한 대륙이며, 지구상의 7대 대륙 중 다섯 번째로 크다. 오랜 세월 쌓이고 쌓인 눈이 단단하게 굳어져 생긴 두께 2킬로미터의 거대한 얼음덩어리가 남극 대륙 표면의 98퍼센트가량을 덮고 있다. 남극에서 오래된 운석이 발견되는 것으로 보아 이곳에는 오래전 지구 겉면의 모습을 확인할 수 있는 천연 자료들이 보관되어 있을 것으로 보인다.

　반면에 북극은 아시아와 아메리카 대륙으로 둘러싸인 거대한 북극해를 말한다. 북극해는 면적이 1,400만 제곱킬로미터로, 지중해의 6배이며, 전 세계 바다의 3퍼센트를 차지한다. 북극은 이 북극해 주변의 바닷물이 얼어서 된 거대한 얼음덩어리가 떠 있는 것이다. 물론 바다 위로 보이는 빙하는 전체 얼음덩어리의 10퍼센트 정도에 불과하다. '빙산의 일각'이라는 표현은 여기에서 나온 것이다.

이처럼 서로 다른 지역적 특징은 두 지역의 기후 조건에도 영향을 미친다. 남극과 북극 가운데 어디가 더 추울까? 남극이 훨씬 춥다. 육지는 바다에 비해 쉽게 데워지고 쉽게 식는다. 남극은 이러한 육지가 밑에 있어서 한겨울에 해당하는 8월 말 무렵이면 높은 곳에서는 기온이 영하 70도 가까이 내려간다고 한다. 역사상 최저 기온은 영하 89도였다. 이러한 기후 조건 때문에 남극에는 연구를 목적으로 거주하는 사람들 외에는 원주민이 없다. 남극의 추위를 견뎌 내기가 그만큼 어렵기 때문이다.

북극은 주변에 있는 바다와 해류*의 영향을 받는다. 얼음덩어리보다 상대적으로 온도가 높은 바다에서 상승하는 따뜻한 공기 때문에, 겨울에는 최저 기온이 영하 30~40도까지 내려가지만 여름에는 영상 10도 정도로 비교적 따뜻하다. 그리고 북극에는 우리가 에스키모라고 알고 있는 원주민인 이누이트 인들이 살아가고 있다.

한편, 펭귄은 남극에서 볼 수 있고 북극곰은 북극에서만 산다. 왜 펭귄은 남극에서만 살까? 펭귄은 여러 종이 있지만 대부분 남극 주변에서 산다. 주로 해안가에서 구멍을 파고 사는 펭귄들은 작은 돌 조각들을 이용하여 둥지를 만든다. 얼음으

---

* 해류 일정한 방향과 속도로 이동하는 바닷물의 흐름.

로 이루어진 들판에서 구할 수 있는 돌 조각은 햇빛을 흡수하여 체온을 따뜻하게 유지할 수 있는 유일한 물건이다. 펭귄이 주로 남극에 사는 이유는 남극이 아메리카 대륙에서 분리되기 전에 살던 조류 일부가 추위에 적응하려고 지금의 펭귄으로 진화하였기 때문으로 보고 있다.

반면 북극곰이 북극에 살게 된 것은 북극이 북반구의 육지에서 가까운 곳이기 때문이다. 북극 주변의 육지에 살던 곰이 바다에 떠다니는 얼음을 타고 넘어가 살게 되었을 가능성이 매우 크다. 지금도 유빙*을 타고 이동하는 북극곰이 있다고 하니 북극해 주변의 얼음덩어리는 북극곰의 이동 수단으로 볼 수 있다. 그렇다고 곰이 얼음덩어리를 타고 남극 대륙까지 갈 수는 없었지만, 남극 주변에 살던 펭귄 같은 조류는 육지를 따라 이동하였기 때문에 상대적으로 남극 대륙으로 이동하기가 더 쉬웠다. 그래서 북극곰은 있지만 남극 곰은 없고, 남극 펭귄은 있지만 북극 펭귄은 없는 것이다.

보통 100미터 두께의 얼음이 만들어지려면, 1,000년이 걸리므로 오늘날 남극과 북극의 얼음이 되기까지는 오랜 세월이 걸렸을 것으로 보고 있다. 그리고 이처럼 두꺼운 얼음층은 지구 기록을 담은 냉동 창고의 역할을 하고 있다.

• 유빙 물 위에 떠내려가는 얼음덩이.

고현덕 외 3인
서울 지역 과학 교사.

인류의 오랜 적, 모기

김정훈

  인류는 모기와의 전쟁에서 번번이 패배하였다. 그중 가장 유명한 것은 1881년에 시작된 파나마 운하* 건설이 모기 때문에 중단된 사건이다. 모기에 물린 노동자들이 황열과 말라리아에 걸려 2만 명 이상 사망했고 결국 공사는 중단됐다. 기원전 4세기에 대제국을 건설한 알렉산더 대왕* 역시 모기에 물려 말라리아로 죽었다는 이야기도 있다.

  모기는 젖은 바닥 정도의 물 깊이만 되면 알을 낳는다. 또한 개체*의 순환 주기가 매우 빠르다. 낳은 알이 어른벌레가 되어 다시 알을 낳기까지 고작 일주일밖에 걸리지 않는 모기도 있다. 이렇게 모기는 생존력과 번식력이 강하다. 그렇다면 우리

• 파나마 운하 중앙아메리카 동남쪽에서 태평양과 대서양을 잇는, 육지에 파 놓은 물길.
• 알렉산더 대왕(B.C.356~B.C.323) 마케도니아의 왕. 그리스, 페르시아, 인도에 이르는 대제국을 건설함.
• 개체 하나의 독립된 생물체.

는 모기를 어떻게 퇴치할* 수 있을까?

고전적인 모기 퇴치법

가장 좋은 모기 퇴치법은 애벌레 시기에 박멸하는* 것이다. 모기의 활동 반경은 대개 1킬로미터 이내이다. 모기가 많이 발생하는 지역에서는 이를 토대로 모기의 서식지를 찾아 방역 활동을 한다. 가정에서는 물에 사는 애벌레가 서식하지 못하도록 주변의 웅덩이를 없애고 개수대와 욕실 등에 물이 고여 있지 않도록 하는 것이 좋다.

어른벌레가 된 모기를 퇴치하는 최선의 방법은 바깥에서 집으로 들어오는 모기를 차단하는 것이다. 모기는 2밀리미터 정도의 구멍까지 몸을 비틀어 쉽게 뚫고 들어온다. 오래되어 틈이 벌어진 방충망은 이러한 모기의 침입을 당해 낼 수 없기 때문에 반드시 교체해야 한다.

집으로 들어온 모기를 퇴치하는 일반적인 방법은 살충 성분을 사용하는 것이다. 우리가 흔히 사용하는 살충제에는 '피레트린'이라는 살충 성분이 들어 있다. 피레트린은 곤충의 정상적인 신경 작용을 방해하여 곤충의 근육을 수축시키고 다시 펴지지 않게 마비시킨다. 날아가는 모기에 살충제를 뿌리면 몸을 떨면서 땅에 떨어지는 것은 이 때문이다. 뿌리는 살충제

• 퇴치하다 물리쳐서 아주 없애 버리다.
• 박멸하다 모조리 잡아 없애다.

이외에 모기향에도 살충 성분이 포함되어 있다. 이러한 제품을 사용할 때에는 환기를 해 주는 것이 좋다.

신세대 모기 퇴치법

살충제와 같은 화학 약품을 사용하는 것이 꺼려진다면 최근에 주목받고 있는 모기 퇴치법을 활용할 수 있다. 먼저 모기가 좋아하는 것을 제거하여 모기를 퇴치할 수 있다. 주변에 보면 모기에 유독 잘 물리는 사람이 있다. 바로 모기가 좋아하는 것을 두루 갖춘 사람이다. 모기는 열과 이산화 탄소와 냄새에 끌린다. 따라서 열이 많고 땀을 많이 흘리면서 호흡을 가쁘게 쉬는 사람이 모기에 잘 물린다. 선탠오일과 같은 화장품의 냄새도 모기가 좋아하는 것으로, 모기는 20미터 밖에서도 냄새를 맡고 접근한다고 한다. 따라서 몸을 깨끗하게 씻고 호흡을 천천히 하면 모기에 물릴 확률을 줄일 수 있다.

모기가 싫어하는 것을 활용하여 모기를 퇴치할 수도 있다. 사람의 피를 빼는 모기는 짝짓기가 끝나고 알을 낳기 위해 동물성 단백질이 필요한 암컷 모기이다. 알을 낳을 시기의 암컷 모기는 수컷 모기를 피해 다니기 때문에 수컷 모기의 날갯짓 소리를 기피한다. 따라서 수컷 모기가 내는 소리 대역˙과 같은

˙대역 어떤 폭으로써 정해진 범위. 최대 주파수에서 최저 주파수까지의 구역을 말함.

초음파˚를 이용하면 피를 빨아 먹으려는 암컷 모기의 공격을 피할 수 있다. 이러한 원리를 이용한 휴대 전화 응용 프로그램이 개발되어 모기를 쫓는 데 사용되기도 하였다.

날씨가 더워지고 비가 많이 오면서 모기가 늘어나는 시기가 되었다. 인류와 모기의 전쟁은 아직도 계속되고 있다. 모기가 전파하는 말라리아 때문에 전 세계적으로 매년 3~5억 명의 환자가 발생하고 이 중 2백만 명이 목숨을 잃는다. 또한 모기가 전염시키는 일본 뇌염 때문에 수많은 사람이 죽고 있다. 지카 바이러스 감염증과 같이 모기가 매개하는˚ 신종 질병까지 발생하고 있어 문제가 더욱 심각하다. 이러한 인류와 모기의 전쟁에서 모기를 퇴치하는 것은 가려움을 피하기 위한 순간의 선택이 아닌 생존의 문제이다. 올여름에는 어떠한 방법으로 모기를 퇴치해 볼까.

˚ 초음파 사람의 귀에 소리로 들리는 한계 주파수 이상이어서 들을 수 없는 음파.
˚ 매개하다 둘 사이에서 양쪽의 관계를 맺어 주다.

김정훈 1973~
카이스트(KAIST) 생물학과를 졸업하고 같은 대학 대학원에서 세포생물학으로 석사 학위를 받았다. 과학 키트를 만들고 유통하는 '시앙스몰'을 운영했으며, 과학 교육 잡지 『시앙스가이드』 편집장으로 일했다. 지은 책으로 『맛있고 간편한 과학 도시락』 『우주선 안에서는 방귀 조심!』 (공저) 『과학은 쉽다 2, 3』 등이 있다.

사람들은 왜 모바일 게임을 즐길까

교과서 집필진

요즘 스마트폰이 대중화되면서 많은 사람들이 모바일 게임을 즐기고 있다. 이제 식당이나 찻집 등에서 머물러 있을 때뿐만 아니라 시내버스나 지하철 등을 타고 이동할 때에도 스마트폰 등의 휴대용 기기를 이용하여 모바일 게임을 하는 사람을 보는 것은 일상사*가 되었다. 심지어 사람들로 북적이는 거리를 걸어가다가 모바일 게임에 열중하고 있는 사람을 마주치는 일도 흔해졌다. 모바일 게임을 하는 사람들은 20대와 30대 젊은이들이 많은 편이지만, 그들보다 더 어리거나 나이가 많은 사람들 가운데 모바일 게임을 즐기는 사람도 적지 않다. 그렇다면 사람들은 왜 모바일 게임을 즐길까?

모바일 게임은 대부분 규칙이 매우 간단하여 남녀노소를 가리지 않고 누구나 쉽게 할 수 있다. 다시 말해 대부분의 모바

• 일상사 날마다 또는 늘 있는 일.

일 게임은 그 규칙이 어렵지 않기 때문에 따로 시간을 내어 규칙을 배우지 않더라도 누구나 편하게 할 수 있다. 새로운 기술을 익히는 것이 힘겨운 노인이나 글을 읽고 쓰는 데 익숙하지 않은 어린아이가 모바일 게임을 어려움 없이 하는 모습을 흔히 볼 수 있는 것도 이 때문이다.

회사에서 바쁘게 일하는 직장인들이라 할지라도 근무를 시작하기 전이나 근무가 끝난 뒤에 자투리 시간을 활용하여 모바일 게임을 할 수 있다. 이렇게 즐기는 게임은 일을 하는 동안 쌓인 스트레스를 훌훌 날려 버릴 수 있게 해 준다. 또한 대중교통을 이용하는 사람들이나 약속 장소에서 친구를 기다리는 사람들도 잠깐 짬을 내어 모바일 게임을 하면서 따분한 시간을 즐겁게 보낼 수 있고, 싫증 나는 기분을 없앨 수 있다. 그뿐만 아니라 공부를 하다가 졸음이 쏟아질 때 잠시 모바일 게임을 하며 잠을 쫓을 수도 있다. 만약 시간이 넉넉하지 않아 게임을 미처 끝내지 못했다면, 다음에 다른 장소에서 다시 시간을 내어 그 게임을 계속할 수 있다.

모바일 게임을 하는 사람들은 휴대 전화 등을 들고 혼자 무엇인가를 하는 것처럼 보인다. 하지만 실제로는 그렇지 않을 때가 많다. 온라인 공간에는 같은 게임을 하는 사람들끼리 한데 어울리는 모임이 있다. 그들은 그 모임을 통해 게임을 하는데에 필요한 게임 도구 이용권을 서로 교환하거나 게임 방법이나 요령을 공유하며 게임을 즐긴다. 심지어 게임을 하지 않을 때에도 다른 사람과 게임에 관한 이야기를 나누며 유쾌한 시간을 보낸다. 또한 모바일 게임을 하는 사람들은 여럿이 동시에 같은 게임에 접속하여 편을 나눈 뒤에 상대편과 겨루거나 함께 임무를 수행하며 게임을 즐기기도 한다. 같은 게임을 하는 사람들끼리 함께 게임을 하는 것은 사람들이 모바일 게임을 즐기는 또 다른 재미이다.

모바일 게임을 하는 사람은 게임에서 주어진 임무를 완수하였을 때 적지 않은 기쁨을 맛보기도 하고, 다른 사람을 경쟁에서 이겼을 때에는 마치 전쟁에서 승리한 것처럼 우월한 기분을 누리기도 한다. 그리고 가상 현실을 통하여 우리가 살고 있는 세상에서는 쉽게 경험할 수 없는 일들을 얼마든지 체험할 수 있다. 예를 들면 게임에 몰입하여˚ 멋진 창으로 괴물을 물리치거나 한번도 가 본 적이 없는 낯선 곳으로 모험을 떠나는 것이 가능하다. 또한 가상 현실이지만 새로운 세상을 만들어 낼 수도 있다. 현실에는 없는 나만의 가게를 차리거나 새로운 도시를 세우기도 한다. 사람들이 모바일 게임에 더욱 빠져드는 것은 바로 이러한 여러 가지 흥미 요소들 때문이다.

하지만 모바일 게임을 즐길 때, 너무 열중하지 않게 주의해야 한다. 모바일 게임에 지나치게 빠지다 보면 게임에 중독될 수 있다. 게임을 하면서 느끼는 짜릿한 자극에 탐닉하다˚ 보면 결국 게임이 없이는 견디지 못하는 상태에 이르게 될 것이다.

˚몰입하다 깊이 파고들거나 빠지다.
˚탐닉하다 어떤 일을 몹시 즐겨서 거기에 빠지다.

그렇게 되면 일상생활을 하는 데 커다란 방해를 받을 뿐만 아니라 게임을 통해서만 다른 사람이나 세상과 대화하려는 문제가 생길 수도 있다. 이를 미리 방지하려면 게임을 하는 사람 스스로가 게임에 너무 몰입하지 않게 자기의 욕망을 조절할 수 있어야 한다. '너무 지나친 것은 부족한 것과 같다.'는 말을 떠올리며 적당히 모바일 게임을 즐기는 자세를 가지도록 노력해야 한다.

로봇도 권리가 있을까

한기호

권리는 인간만 가지는 거라고?

'로봇의 권리'라는 말이 좀 이상하게 들리는 건 당연합니다. 이런 말은 공상 과학 영화 속에나 나오는 말이니까요. 그리고 아직 그런 권리를 주장할 만한 로봇이 우리 곁에 존재하지 않으니 더 낯설고 터무니없게 느껴질 거예요. 하지만 낯설다는 이유로 로봇의 권리를 인정하는 일을 미루어 둘 수는 없습니다. 오늘날 많은 사람이 인정하는 '어린이의 권리', '여성의 권리'도 처음엔 낯설고 터무니없는 말로 들렸으니까요.

물론 우리는 길거리의 돌멩이를 보고 권리를 논하지는 않습니다. 돌멩이는 권리를 가질 수 없기 때문입니다. 우리는 보통 생명을 가진 것에만 권리를 부여하니까요. 하지만 그렇다고 모든 생명체가 똑같은 권리를 갖는 건 아닙니다. 식물에는 식물에 걸맞은 권리가, 동물에겐 동물에 걸맞은 권리가, 인간에겐 인간에게 걸맞은 권리가 있으니까요. 만약 '로봇이 인간과 동등한 권리를 갖는다.'라고 말하려면 로봇은 인간과 동등한 존재여야 할 거예요.

여러분 생각은 어떤가요? 로봇은 인간과 동등한 존재인가요? 그런데 여기서 인간과 동등한 존재란 어떤 것일까요? 이 질문에 대답하려면 먼저 인간이란 어떤 존재인지 알아야 할 것입니다. 로봇의 권리에 대한 질문은 결국 '인간이란 무엇인가?'라는 질문과 이어지게 되지요.

인간이란 무엇일까요? 이것은 철학이 2천 년이 넘는 동안 고민해 온 문제이지만 아직도 모든 사람이 동의하는 답을 내놓지 못하는 걸 보면, 어쩌면 애초에 답이 없는 문제일지도 몰라요. 확실한 답이 없으니 그동안 사람들이 내놓은 다양한 답들을 살펴볼까요? 어떤 철학자는 인간을 '사회적 동물'이라고 하고, 어떤 학자는 인간을 '유희적 동물'이라고도 합니다. 그런가 하면 '생각하는 갈대'라고 하면서 식물에 비유하기도 하지요.

하지만 잘 생각해 보면 몇 가지 공통점이 있습니다. 철학자들은 인간과 동물을 비교하면서 인간만의 특징을 생각할 줄 아는 힘, 즉 정신적인 능력에서 찾으려 했지요. 바로 논리적으로 판단하고 계획하고 설계하는 능력, 자기 자신에 대해 생각하거나 어떤 행동을 할지 스스로 자유롭게 선택하는 능력이 인간과 동물을 구분해 준다고 보았던 거예요. 그래서 동물들에겐 이런 이성이나 자의식이 없으니까 동물들이 그저 기계 장치나 다름없다고 말하는 철학자들도 있지요. 이런 다양한 생각들 속에서 우리는 인간의 중요한 두 부분인 육체와 정신, 즉 몸과 마음을 만나게 됩니다.

로봇의 몸과 마음, 인간의 몸과 마음

인간은 분명히 몸과 마음을 가지고 있습니다. 그렇다면 로봇은 어떨까요? 로봇이 '몸'을 가진 것은 분명합니다. 그러나 로봇의 몸은 인간의 몸과 달리 금속과 실리콘 칩 등으로 이루어져 있지요. 하지만 겉모습과 재료가 권리의 차이를 가져오지는 않습니다. 권리는 겉모습에서 나오는 것이 아니기 때문입니다. 단지 겉모습만 가지고 권리를 줄지 말지 판단한다면 예전에 백인들이 피부색이 다르다는 이유로 유색 인종들을 차별했던 것처럼 불공평하고 불합리한 일이지요. 중요한 건 마음이 아닐까요?

그렇다면 '마음'은 어떤가요? 로봇에게도 인간과 똑같은 마음이 있을까요? 로봇에게 권리를 부여하기 위해선 로봇도 인간과 똑같은 마음을 가져야 할 것입니다. 그런데 로봇에게 인간과 동등한 권리를 주어서는 안 된다고 하는 사람들은 로봇이 아무리 인간과 똑같이 '사랑하고, 미워하고, 분노한다' 해도 그것은 진짜 그러는 것이 아니라 '사랑하고 미워하고 분노하는 것처럼 흉내 내는 것'이라고 말합니다. 로봇은 그저 세탁기와 같은 기계일 뿐, 기계에 무슨 마음이 있냐고 쓴웃음을 짓지요.

영화 속에서 마음을 가진 것처럼 그려지는 로봇은 그저 우리

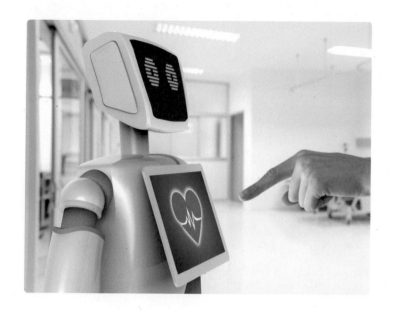

인간의 상상 속에서나 있는 걸까요? 마음은 인간만이 갖는 걸까요? 그럼 인간에게 마음은 무엇일까요?

인간은 마음을 가졌기 때문에 다른 동물이나 생명체와 근본적으로 구분됩니다. 그래서 우리는 몸보다는 마음을 인간의 본질로 생각하는 경향이 있습니다. 그런 의미에서 우리는 마음을 담고 있다고 말할 수 있는 뇌를 인간의 특별한 부분으로 여기지요. 다음 이야기를 볼까요?

영희와 경희가 교통사고를 당해 병원에 실려 왔다. 영희는 뇌의 기능이 돌이킬 수 없게 망가졌지만 나머지 몸은 멀쩡한데 반해, 경희는 다른 곳은 완전히 망가지고 뇌의 기능만이 멀쩡하게 보존되었다. 만일 영희의 몸과 경희의 뇌를 합치는 수

술이 가능하다면 그렇게 만들어진 사람을 영희라고 해야 할까, 경희라고 해야 할까?

여러분 생각은 어떤가요? 아마도 보이는 얼굴이 영희이다 보니 얼마간 혼란스럽기는 하겠지만 결국에는 경희라고 부를 것입니다. 몸은 비록 영희지만 우리와 이야기하는 사람은 몸이 아닌 뇌의 주인인 경희이고, "너는 누구야?"라고 물어본다면 당연히 경희라고 대답할 테니까요. 여기에 정답이 정해져 있는 것은 아닙니다. 하지만 이 이야기를 통해 우리는 인간의 몸보다 몸속에 담겨 있는 마음이 훨씬 더 중요하다는 사실을 깨달을 수 있지요. 그럼 여기서 한 발짝 더 나아가 볼까요? 마음은 꼭 인간의 뇌 속에만 있는 걸까요?

우리는 앞에서 경희의 뇌를 다른 사람에게 이식하는 이야기를 상상해 보았습니다. 경희의 뇌에는 경희의 기억과 마음이 담겨 있지요. 한 걸음 더 나아가 경희의 기억과 마음을 뇌가 아닌 다른 곳에 저장하는 상상을 해 봅시다. 기술이 엄청나게 발달한 어느 먼 미래에 경희의 마음과 기억을 인공 뇌나 전자 칩에 온전히 옮길 수 있다면, 그 저장 장치는 과연 무엇일까요? 경희의 기억과 마음을 고스란히 갖고 있는 '그것'을 두고 경희가 아니라고 할 이유는 없을 것입니다. 마음과 기억이 모두 똑같은데 단지 담겨 있는 곳이 다르다는 이유로 경희가 아니라고 할 수는 없겠지요.

로봇에게도 권리를!

하지만 마음은 인간만이 갖는다고 주장하는 사람에게 로봇이 아무리 마음과 똑같은 것을 가질 수 있다고 논리적으로 설득해 보았자 아무 소용이 없습니다. 왜냐하면 로봇이 인간과 똑같이 말하고 행동하고 생각하고 느낀다 해도 그것은 '로봇'일 뿐이라고 선을 긋기 때문입니다.

그들은 이미 '로봇과 인간은 다르다.'라는 결론을 내려 놓고는 다른 어떤 증거를 제시해도 로봇과 인간을 동등한 존재로 보려 하지 않습니다.

우리는 '인간'이란 단어를 다양하게 정의하고 사용합니다. 인간이란 생각할 줄 아는 존재이고, 남을 도울 줄 아는 존재입니다. 또 잘못을 뉘우칠 줄 아는 존재이기도 하고요. 우리는 인간답게 생각하고 인간답게 행동하기 때문에 서로를 인간으로 대접합니다. 이처럼 '인간'이란 '사람됨'이나 '인간다움'과 같은 말입니다. 인간이냐 기계냐보다 더 중요한 것은 '인간다움'을 얼마만큼 가지고 있느냐입니다.

로봇이 인간답게 행동한다면, 로봇이 인간과 동등하다고 말하지 못할 이유가 있을까요? 옛날에도 인간을 자기중심적으로 정의하는 사람들이 있었지요. 그들은 노예, 여성이나 피부색이 다른 사람들에게 인간의 권리를 줘서는 안 된다고 주장하기도 했습니다. 로봇이 로봇이라서 권리를 줄 수 없다고 우기는 사람들은 그 옛날 노예, 여성, 유색 인종을 차별하는 사람들과 다를 바 없습니다.

우리는 이상하게도 '인간' 자체에 대해서는 무한한 애정을 보내면서도 '인간적인 것'에 대해서는 공포를 느낍니다. 인간적인 것이 위험하다고 한다면 인간이야말로 이 세상에서 가장 위험한 존재일 것입니다. 실제로 인간은 지금 지구상에서 가장 위험한 존재지요. 미워하고, 질투하고, 폭력을 저지르고, 전쟁을 일으키고, 환경을 파괴하고……. 하지만 동시에 인간은 서로를 이해하고, 사랑하고, 존중하고, 격려하고, 함께 힘을 모을 줄 압니다. 잘못을 뉘우치고 더 나은 세상을 위해 노력할 줄도 알지요.

인간은 위험한 존재이지만, 그렇다고 해서 우리가 다른 사람을 멀리하지는 않습니다. 우리는 서로에 대해 잘 알고 있으며, 보듬고 어르며 사이좋게 살아 나가는 법을 알고 있으니까요. 로봇도 마찬가지입니다. 만일 로봇이 인간적인 면을 가지고 있다면 로봇과 함께 사는 법은 다른 인간들과 함께 사는 법과 다르지 않을 거예요.

따라서 우리는 인간과 똑같은 로봇이 등장한다면 당연히 인간과 동등한 권리를 부여하고 조화롭게 함께 살아가야 할 것입니다.

한기호 1968~

철학자, 대학교수. 성균관대학교에서 철학 박사 학위를 받았다. 어린이 철학 교육에 깊은 관심을 갖고 여러 책을 펴냈다. 지은 책으로『아홉 살의 논리여행』『그런데 철학이 뭐예요?』『애들아, 철학 하자!』『생각이 크는 인문학: 아름다움』등이 있다.

조상의 슬기가 낳은 석빙고의 비밀

이광표

　여름이 되면 냉장고에 있는 얼음에 자꾸 손이 가기 마련이다. 지금은 집집마다 냉장고가 있어서 손쉽게 얼음을 구할 수 있다. 그런데 옛사람들도 더운 여름에 얼음을 사용했다고 한다. 냉장고가 없었는데, 어떻게 얼음을 구했을까? 냉장고가 없었던 옛날, 우리 조상들은 겨울에 채취한 얼음을 석빙고(石氷庫)에 저장했다가 여름에 사용했다. 겨울철에 석빙고에 저장한 얼음을 어떻게 한여름까지 보관할 수 있었는지, 그 비밀을 알아보자.

　석빙고의 얼음 저장 과정은 냉각과 저온 유지의 두 단계로 나뉜다. 얼음을 넣기 전에 내부를 냉각하는 것이 첫 번째 단계이고, 얼음을 넣은 뒤 7~8개월 동안 내부 온도를 낮게 유지하

● 석빙고 얼음을 넣어 두던 창고.
● 냉각 식어서 차게 됨. 또는 식혀서 차게 함.

는 것이 두 번째 단계이다. 두 단계 중 어느 하나라도 잘못되면 더운 여름철에 차가운 얼음을 맛볼 수 없다.

첫 번째 단계는 겨울에 석빙고의 내부를 냉각하는 것이다. 석빙고 내부를 차게 만드는 것은 얼음을 저장하는 데 가장 기본적인 작업이라고 할 수 있다. 전문가들이 측정한 바에 따르면 경주 석빙고의 겨울철 내부 온도는 평균 영상 3.9도라고 한다. 일반적으로 건물의 지하실 내부 평균 온도가 영상 15도 안팎이라는 것을 생각하면 석빙고 내부가 얼마나 차가운지 쉽게 알 수 있다.

겨울이라고 해도 건물 내부를 냉각하는 것이 쉽지는 않다. 그런데 우리 조상들은 어떻게 석빙고 내부를 잘 냉각할 수 있었을까? 그 비밀은 석빙고 출입문 옆에 세로로 튀어나온 '날개벽'에 숨어 있다. 겨울에 부는 찬바람은 날개벽에 부딪히면서 소용돌이로 변한다. 이 소용돌이는 추진력°이 있어서 빠르고 힘차게 석빙고 내부 깊은 곳까지 밀고 들어간다. 석빙고 내부는 그렇게 해서 냉각된다.

두 번째 단계는 2월 말 무렵에 얼음을 저장하고 나서 7~8개월 동안 석빙고 내부를 저온 상태로 유지하는 것이다. 늦겨울에 저장한 얼음은 봄이 지나고 여름이 되어도 녹지 않아야 한다. 전혀 녹지 않게 할 수는 없겠지만, 석빙고 내부를 저온 상태로 유지해 녹는 속도를 최대한 늦춰야 하는 것이다. 그렇다

• 추진력 물체를 밀어 앞으로 내보내는 힘.

면 어떻게 한여름에도 저온 상태를 유지할 수 있었을까?

그 비밀을 알려면 먼저 석빙고의 절묘한˚ 천장 구조를 살펴보아야 한다. 석빙고의 천장은 위의 사진에서 보듯, 1~2미터 간격을 두고 나란히 배치된 4~5개의 아치형˚ 구조물로 이루어져 있다. 각각의 아치 사이에는 자연히 움푹 들어간 공간이 생기게 된다. 이 공간을 '에어 포켓'이라고 하는데, 여기에 비밀이 숨어 있다. 얼음을 저장하고 나서 시간이 지나면 내부 공기는 조금씩 더워진다. 하지만 더운 공기가 위로 뜨는 순간 그 공기는 에어 포켓에 갇혀 아래로 내려올 수 없게 된다. 에어 포켓에 갇힌 더운 공기는 에어 포켓 위쪽에 설치된 환기구를

• 절묘하다 비할 데가 없을 만큼 아주 묘하다.
• 아치형 활과 같은 곡선으로 된 형태나 형식.

통해 밖으로 빠져나간다. 이렇게 해서 석빙고 내부는 한여름에도 저온 상태를 유지할 수 있었다. 실로 놀라운 구조이다.

석빙고가 한여름에도 저온 상태를 유지할 수 있었던 비밀은 또 있다. 우리 조상들은 얼음 보관에 치명적인 물을 재빨리 밖으로 빼내려고 바닥에 배수로˚를 만들었다. 또한 빗물이 석빙고 안으로 새어 들어가는 것을 막으려고 석빙고 외부에 석회와 진흙으로 방수층을 만들었다. 얼음과 벽, 얼음과 천장, 얼음과 얼음 사이에는 밀짚, 왕겨,˚ 톱밥 등의 단열재˚를 채워 넣어 외부 열기를 차단했다. 또 석빙고 외부에 잔디를 심었는데, 이는 햇빛을 흐트러뜨려 열전달을 방해하는 효과가 있었다.

지금까지 겨울철에 석빙고에 저장한 얼음을 한여름까지 보관할 수 있었던 비밀을 알아보았다. 우리 조상들은 자연의 원리를 잘 알고 그것을 활용하여 석빙고라는 놀라운 과학적 구조물을 만들었다. 그 덕분에 여름에도 시원한 얼음을 즐길 수 있었다. 이와 같이 석빙고에는 과학적 원리를 이용한 우리 조상들의 슬기가 담겨 있다.

• 배수로 물이 빠져나갈 수 있도록 만든 길.
• 왕겨 벼의 겉에서 맨 처음 벗긴 굵은 껍질.
• 단열재 보온을 하거나 열을 차단할 목적으로 쓰는 재료.

이광표 1965~
기자. 충남 예산에서 태어났다. 서울대학교 고고미술사학과를 졸업하고 같은 대학교 대학원에서 국문학을 공부한 뒤 동아일보 기자로 입사해 우리 문화유산의 아름다움과 가치를 소개하는 글을 주로 써 왔다. 지은 책으로 『손 안의 박물관』 『살아 있는 역사 문화재』 『한 권으로 보는 그림 문화재 백과』 『국보 이야기』 『옛 그림 속에 숨은 문화유산 찾기』 『한국 미술의 미』 『명품의 탄생』 등이 있다.

고추, 김치의 색깔을 바꾸다

전국지리교사모임

고추는 농민들에게 쌀에 이어 두 번째로 많은 소득을 올려 주고 있다. 2004년 쌀의 생산액이 10조 원이었을 때 고추의 생산액이 1조 4천억 원이나 되었다. 우리나라 농가 대부분이 고추를 재배하고 있으며, 도시의 골목을 지나다가도 화분이나 뜰에 심어 놓은 고추를 흔하게 볼 수 있다.

우리 음식 생활에서 고추는 가장 기본적인 식재료로 사랑받고 있으며, 우리나라 사람들은 외국으로 여행할 때 고추장이나 김치를 가지고 나가는 경우가 많다. 붉은색 김치는 우리나라를 상징하는 음식 중 하나다. 그래서 우리 조상들이 아주 오래전부터 고추를 먹은 것으로 잘못 알고 있는 사람이 많다. 인도와 동남아시아에도 우리처럼 고추의 원산지가 자기 나라라고 생각하는 사람들이 많다. 그러나 우리나라와 인도, 동남아시아 등지에서 고추를 먹기 시작한 것은 16세기에 들어서이다.

그렇다면 고추의 고향은 어디일까? 바로 중남미이다. 고추는 오랫동안 중남미인들이 먹어 온 음식 가운데 하나로 중남미 고대 국가의 유물 중에는 고추가 그려진 그릇들이 있다. 이 고추를 에스파냐와 포르투갈 사람들이 배에 실어 유럽으로 가지고 갔다. 그것이 인도양을 거쳐 인도와 동남아시아로 왔고, 뒤이어 우리나라에까지 들어온 것이다. 이렇듯 고추의 재배 지역은 나뭇가지처럼 사방으로 뻗어 나갔다.

우리나라에 고추가 들어오기 전까지 김치는 소금물에 절이기만 해서 발효시킨 것으로 흰색이었다. 고추가 들어온 다음 비로소 김치는 붉은색으로 바뀌었고, 고추 특유의 붉은 색깔과 매운맛이 더욱 식욕을 돋우게 되었다. 영양 면에서는 비타민 시(C) 등이 더 풍부해졌으며, 고추 속의 캡사이신* 성분이 채소가 시어 문드러지는 것을 막아 음식을 더욱 오랫동안 보관할 수 있게 되었다. 수백 년 사이에 김치는 우리 삶에 더욱 중요한 음식이 되었고, 나아가 우리 음식 문화의 상징이 되었다.

그 밖에도 우리나라 사람들은 고추를 다양하게 활용해 새로운 음식을 만들어 왔다. 고춧가루와 고추장을 만들고, 고추와 멸치를 섞어 조리해 고추멸치볶음을 만들었으며, 고추에 밀가루를 묻혀서 쪄 먹기도 한다. 고춧잎을 데쳐서 먹기도 하고, 고추를 그대로 고추장이나 된장에 찍어 먹는 경우도 많다.

이처럼 지역과 시대에 따라 고춧가루, 고추장, 고추를 이용해 수많은 종류의 새로운 요리가 발명되었고, 최근에는 고추

• 캡사이신 고추의 매운맛 성분인 무색 고체.

축제까지 열리고 있다. 중남미에서 태어나 전 세계로 퍼진 고추가 한국에서 그 날개를 활짝 편 것이다.

전국지리교사모임

1996년 '생각이 젊은' 지리 교사들이 모여 창립한 전국적인 지리 교사 단체이다. 올바른 지리 교육의 자리매김을 바라는 전국의 지리 교사들이 지리 교육 전반에 걸쳐 다양한 활동을 하고 있다. 지은 책으로 『지도로 만나는 우리 땅 친구들』『지리 교사들, 미국 서부를 가다』『지리, 세상을 날다』『한국지리 만화교과서』『세계지리 만화교과서』『경제지리 만화교과서』『세계지리, 세상과 통하다 1, 2』『지리쌤과 함께하는 우리나라 도시 여행』『지리쌤과 함께하는 80일간의 세계 여행』 등이 있다.

마을 학교에서 '마을학교'로

이희수

몇 해 전까지만 해도 '도시'가 유행이더니 어느덧 대세는 '마을'이다. 왜 갑자기 마을일까? 우리 사회는 산업화, 근대화, 도시화를 겪으면서 물질적으로 풍요로워졌지만, 그 과정에서 '우리'가 아닌 '나', '협동'이 아닌 '경쟁'이 최우선의 가치가 되었다. 이러한 무한 경쟁에 지친 사람들은 콩 한 쪽도 이웃과 나누어 먹고, 네 일 내 일 할 것 없이 서로 도우며 살던 옛 공동체°의 모습을 그리워하며 마을로 돌아가자는 목소리를 높이고 있다.

우리나라의 지방 자치° 단체들도 '지역 만들기', '마을 만들기', '마을 공동체 만들기' 등의 이름을 달고 마을 중심 사업을 적극적으로 추진하고 있다. 사람들의 관계가 중심이 되는 마을을 만들고자 체계적으로 노력하고 있다. 이 중심에 있는 것

• 공동체 생활이나 행동 또는 목적 따위를 같이하는 집단.
• 지방 자치 지역 주민과 그들이 뽑은 대표들이 지역의 일을 스스로 결정하고 처리하는 것.

이 바로 '마을학교'이다.

'마을학교'가 무엇인지는 다음의 네 가지 측면에서 살펴보면 이해할 수 있다. 첫째, '마을학교'를 '누가 주도하는가'이다. '마을학교'는 행정 관청의 주도 아래 만들어지는 것이 아니라 마을 주민이 그들의 필요에 따라 만드는 것이다. 또한 '마을학교'에서는 누구라도 이웃을 가르치는 선생님이 될 수도, 이웃에게 배우는 학생이 될 수도 있다. 배울 내용 역시 주민이 스스로 결정한다. 그래서 주민은 '마을학교'의 주체이자 학습의 원천이 된다.

둘째, '마을학교'는 '어디에서 이루어지는가'이다. 우리는 '학교'라고 하면 대체로 그 안에 여러 교실이 있고 교탁과 책걸상, 칠판 등이 있는 시설을 떠올린다. 그러나 공간으로서의 '마을학교'란 일반 학교처럼 '이런 시설이어야 해.'라는 틀에서 벗어난다. 주민 센터나 학교뿐만 아니라 마을에 있는 찻집, 도서관, 식당, 놀이터 등 마을 주민들이 활동하는 공간이면 모두 '마을학교'가 될 수 있다.

셋째, '마을학교'는 '무엇을 위해 활동하는가'이다. '마을학교'는 단순히 무엇을 가르치거나 배우는 것만을 목적으로 하지 않는다. '마을학교'에서 하는 활동이나 사업은 마을의 문제를 해결하기 위한 시도와 더 나은 삶터를 만들기 위한 접근에서 시작된다. 또한 마을 주민들은 학습을 매개*로 만나 상호

---

* 매개 둘 사이에서 양편의 관계를 맺어 줌.

작용을 하면서 긴밀한 유대[*] 관계를 만들려고 한다. 마을에 사는 사람들이라는 복합적인 관계망[*] 속에서 서로 협력하고 소통하면서 '삶의 질 향상'을 목적으로 활동하는 것이다.

넷째, '마을학교'는 '어떤 활동을 하는가'이다. '마을학교'에서 가장 쉽게 할 수 있는 활동은 마을 주민의 교육 프로그램 운영이다. 그러나 '마을학교'의 활동은 여기서 끝나지 않는다. 교육 프로그램을 함께한 주민들은 동아리를 만들어 활동을 계속 이어 나가다가 축제와 같은 행사를 벌이고, 더 나아가 마을 사업으로 확장한다. 함께 학습하던 마을 주민들이 아이들을 더 잘 돌보기 위해 공동육아를 시작하고, 이를 발전시켜 어린이집

• 유대 끈과 띠라는 뜻으로, 둘 이상을 연결하거나 결합하게 하는 것. 또는 그런 관계.
• 관계망 둘 이상의 사람, 사물, 현상 등이 서로 관련을 맺어 그물처럼 얽히어 있는 조직이나 짜임새.

이나 학교를 세우기도 한다. 공부방에서 함께 공부하던 학생들이 만든 청소년 악단의 연습실은 찻집, 도서관, 영화관, 공연 무대 등이 있는 마을의 문화 예술 공간으로 발전하기도 한다.

'마을'과 '학교'를 띄어 쓰지 않는 것에서도 알 수 있듯이, '마을학교'는 마을과 학교가 하나가 되는 것을 추구한다. 마을이 학교의 기능을 단순히 보완하는 것이 아니라 마을 자체가 학교의 기능을 하는 것이다. 마을이 학교라면 그곳에는 마을도 있고 공동체도 있고 교육도 있다. 이러한 '마을학교'에서는 마을의 주인을 키워 내고 주민을 발견하고 주민 간의 어울림을 만들어 낼 것이다. 나아가 '마을학교'의 경험은 주민 스스로 마을을 움직이고 마을의 문제를 해결하는 마을 역량, 즉 마을력의 밑거름이 될 것이다.

우리는 비가 오면 우산을 펴 든다. 한 사람이 우산을 펴면 우산을 편 사람만 비를 피할 수 있다. 우산이 없는 사람은 비를 쫄딱 맞는다. 그러나 마을에 큰 우산을 펴 보라. 마을에 큰 우산을 씌우면 마을 안에 사는 사람들이 다 함께 비를 덜 맞거나 피할 수 있다. 이렇게 삶에서 오는 문제와 어려움을 함께 펴 든 우산으로 막아 주는 일, 그 기능을 하는 우산이 '마을학교'이며, 이것이 '마을학교'를 만들려는 까닭이다.

글을 맺으려니 체코슬로바키아의 교육자이자 종교 개혁가인 코메니우스의 말이 생각난다. "세계가 전 인류를 위한 학교이듯이 한 사람의 생애는 우리 모두를 위한 학교이다. 학습이 삶의 전부이고, 삶의 전부가 학습인 사회이다. 세상이 학교이다.

모든 사람은 학교를 지니고 있는 동시에 다른 사람들의 학교로 존재한다." 이 말을 '마을학교'에 적용하면 결국 우리 한 사람 한 사람이 '마을학교'이고, 우리가 사는 마을 자체도 역시 '마을학교'로 볼 수 있다. '마을학교'가 "나만 아니면 돼!"라고 외치는 현대의 이기적인 생활 방식을 대신할 새로운 가치를 제시할 수 있기를 기대해 본다.

이희수 1960~
교육학자. 대학교수. 중앙대학교 교육학과 교수로 재직 중이며, 서울시 마을공동체위원회 위원을 역임하였다.

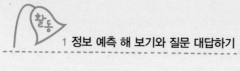

1 정보 예측 해 보기와 질문 대답하기

(1) 다음은 앞에서 읽은 글에 달린 '작은 제목'들입니다. 해당 부분에 어떤 내용이 담겨 있을지 예측하여 말해 봅시다.

❶ 은행 문이 안쪽으로 열리는 까닭 (107쪽)

❷ (소나기가 내린 후) 왜 개울물이 금방 불어났을까 (111쪽)

❸ (1000년 후) 인류 문명은 희미하게 흔적만 남는다 (123쪽)

❹ 신세대 모기 퇴치법 (148쪽)

(2) 앞에서 읽은 내용을 떠올리며 다음 질문에 대한 대답을 적어 봅시다.

❶ 남을 돕는 고래가 모두 다친 고래의 가족이거나 가까운 친척만은 아닐지도 모르는 까닭은 무엇일까? (「고래들의 따뜻한 동료애」)

❷ 건강한 똥은 냄새가 별로 나지 않고, 나더라도 독하지 않다고 하는데, 그 까닭은 무엇일까? (「건강, 똥에게 물어봐!」)

❸ 「별주부전」의 토끼가 깊은 물속을 마음대로 돌아다니고도 살아 돌아올 수 있었던 것은 상상 속에서 가능한 것이지 현재로는 불가능한 근거는 무엇일까? (「토끼는 용궁에서 살아 돌아올 수 있었을까」)

❹ 남극과 북극 가운데 어디가 더 추울까? 그 근거는 무엇일까? (「남극과 북극, 어떤 점에서 다를까」)

정보 설명을 목적으로 하는 글을 읽을 때는 글쓴이가 무엇에 대해서 말하고 있는지 따라가면서 중요 단어나 핵심어 또는 핵심 문장을 찾아야 합니다. 문장과 문장, 문단과 문단의 관계를 살피는 것도 정보를 요약할 때 중요합니다. 다음 글을 읽고 물음에 답해 봅시다.

라면을 맛있게 끓이는 방법

이원재(학생)

라면을 맛있게 끓이는 방법을 한마디로 말하기는 어렵다. 그렇지만, 차근차근 따져 보면 그 방법을 찾을 수 있다. 먼저, 많은 종류의 라면 가운데 자기 입맛에 맞는 것을 골라야 한다. 싱거운 맛을 좋아할 때와 매운맛을 좋아할 때 고르는 라면은 다르다. 동네 가게에 가서 라면이 놓인 곳을 둘러보고 그 라면이 어떤 맛을 내는지 살펴보도록 한다. 그리고 자기 입맛은 누구보다 자신이 잘 알기에, 자신의 입맛에 가장 잘 맞는 라면을 골라야 한다.

라면을 고른 뒤에는 집에 와서 물을 끓인다. 냄비에 물을 붓고, 가스레인지에 올려서 스위치를 넣으면 물이 끓는다. 이때 물을 냄비에 어느 정도 부어야 하는가는 중요하다. 라면마다 물의 정량이 봉지 뒤에 적혀 있는데 이를 잘 지켜야 한다. 물이 넘치거나 모자라면 그만큼 라면 맛이 달라지기 때문이다.

물을 잘 맞추어 놓고 물이 펄펄 끓을 때까지 스프를 비롯해서 넣을 것을 골고루 챙겨야 한다. 이때 스프 말고도 양파, 마늘, 달걀 등 넣을 것을 잘 준비해야 한다. 먹는 사람 입맛에 맞는 것을 넣어야 맛이 살아난다. 시원한 국물을 좋아하는 사람은 김치 같은 것을 적당히 넣으면 좋다. 라면의 순한 맛을 즐기는 사람은 두부를 넣어서 순한 라면을 즐기기도 한다.

이렇게 끓은 물에 라면과 스프, 그 밖의 것을 넣은 뒤, 3~4분 정도 더 끓이면 드디어 한 그릇의 라면이 완성된다. 이렇게 완성된 라면을 앞에 놓고 감사하는 마음으로 한 젓가락도 허투루 하지 않고 먹는 것도 중요하다.

(1) 설명하고자 하는 정보를 중심으로 앞의 글을 요약해 봅시다. (200자 이내)

(2) 글쓴이가 설명하는 방법 말고, 내가 아는 '라면을 맛있게 끓이는 법'에 대하여 글로 써 봅시다.

작품 출처

··

고현덕 외 「남극과 북극, 어떤 점에서 다를까」, 『살아 있는 과학 교과서 1』, 휴머니
  스트 2006
과학향기 편집부 「건강, 똥에게 물어봐!」, 『과학의 숲에서 만나는 KISTI의 과학향
  기』, 한국과학기술정보연구원 2006
교과서 집필진 「사람들은 왜 모바일 게임을 즐길까」, 『중학교 국어1-1』, 창비 2018
김송기 「우리 할머니는 외계인」, 『10대, 안녕』, 보리 2015
김윤경 「목소리」, 『채식주의자라는 이름으로』, 배창환 엮음, 작은숲 2015
김정훈 「지구에서 인간이 사라진다면」, 『과학소년』 2014년 4월호
김정훈 「인류의 오랜 적, 모기」, 『맛있고 간편한 과학 도시락』, 은행나무 2009
박예인 「용기 있는 사람만이 꿈을 이룰 수 있다」, 『중학교 국어1-1』, 창비 2018
성석제 「어느 날 자전거가 내 삶 속으로 들어왔다」, 『농담하는 카메라』, 문학동
  네 2008
성석제 「선물」, 『농담하는 카메라』, 문학동네 2008
신학철 「잘생겨서」, 『중학교 국어1-1』, 창비 2018
신학철 「나 이거 참!」, 『중학교 국어1-1』, 창비 2018
신현미 「'풀'과 우리 반의 짧은 만남」, 『중학교 국어1-1』, 창비 2018
양귀자 「사막을 같이 가는 벗」, 『삶의 묘약』, 샘터사 1996
이광표 「조상의 슬기가 낳은 석빙고의 비밀」, 『손 안의 박물관』, 효형출판 2006
이순원 「내 마음의 희망등」, 『내 인생의 한 사람』, 신현림 외 지음, 한길사 2004
이재인 「은행 문은 왜 안쪽으로 열릴까」, 『건축 속 재미있는 과학 이야기』, 시공
  사 2007
이정현 「포기하고 싶을 때 딱 한 걸음만 더 나아가라」, 『심리학, 열일곱 살을 부
  탁해』, 걷는나무 2010
이철우 「관계는 첫인상부터 시작된다」, 『관계의 심리학』, 경향미디어 2008
이희수 「마을 학교에서 '마을학교'로」, 『마을을 말하다』, 서울시 마을공동체 종
  합지원센터 2015
장영희 「괜찮아」, 『살아온 기적 살아갈 기적』, 샘터사 2009
장영희 「엄마의 눈물」, 『내 생에 단 한번』, 샘터사 2000
전국지리교사모임 「고추, 김치의 색깔을 바꾸다」, 『지리, 세상을 날다』, 서해문집
  2009

178

정약용 「남의 도움만을 기대하지 말라」, 『유배지에서 보낸 편지』, 박석무 편역, 창비 2009

정진권 「막내의 야구 방망이」, 안도현 외 지음, 『작은 도전자』, 다림 2008

정호승 「네모난 수박」, 『정호승의 위안』, 열림원 2003

조지욱 「왜 그때 소나기가 내렸을까」, 『문학 속의 지리 이야기』, 사계절 2014

조희진 「군사들에게 종이 옷을 보낸 인조」, 『조선 시대 옷장을 열다』, 스콜라 2014

최원석 「토끼는 용궁에서 살아 돌아올 수 있었을까」, 『세계 명작 속에 숨어 있는 과학 2』, 살림 2006

최재천 「고래들의 따뜻한 동료애」, 『생명이 있는 것은 다 아름답다』, 효형출판 2001

최재천 「생명의 그물을 함부로 끊지 말아요」, 『생명, 알면 사랑하게 되지요』, 더큰아이 2015

한기호 「로봇도 권리가 있을까」, 『중학생 토론학교: 과학과 기술』, 우리학교 2013

수록 교과서 보기

지은이	작품명	수록 교과서
고현덕 외	남극과 북극, 어떤 점에서 다를까	미래엔(신유식)1-2
과학향기 편집부	건강, 똥에게 물어봐!	천재(박영목)1-1
교과서 집필진	사람들은 왜 모바일 게임을 즐길까	창비(이도영)1-1
김송기(학생)	우리 할머니는 외계인	미래엔(신유식)1-1
김윤경(학생)	목소리	천재(박영목)1-1
김정훈	지구에서 인간이 사라진다면	교학사(남미영)1-2
김정훈	인류의 오랜 적, 모기	동아(이은영)1-1
박예인(학생)	용기 있는 사람만이 꿈을 이룰 수 있다	창비(이도영)1-1
성석제	어느 날 자전거가 내 삶 속으로 들어왔다	동아(이은영)1-1
성석제	선물	금성(류수열)1-1
신학철(학생)	잘생겨서	창비(이도영)1-1
신학철(학생)	나 이거 참!	창비(이도영)1-1
신현미(학생)	'풀'과 우리 반의 짧은 만남	창비(이도영)1-1
양귀자	사막을 같이 가는 벗	천재(노미숙)1-1
이광표	조상의 슬기가 낳은 석빙고의 비밀	천재(박영목)1-1
이순원	내 마음의 희망등	미래엔(신유식)1-1
이재인	은행 문은 왜 안쪽으로 열릴까	지학사(이삼형)1-1
이정현	포기하고 싶을 때 딱 한 걸음만 더 나아가라	지학사(이삼형)1-2
이철우	관계는 첫인상부터 시작된다	비상(김진수)1-1
이희수	마을 학교에서 '마을학교'로	비상(김진수)1-2
장영희	괜찮아	동아(이은영)1-1, 지학사(이삼형)1-2
장영희	엄마의 눈물	비상(김진수)1-2
전국지리교사모임	고추, 김치의 색깔을 바꾸다	교학사(남미영)1-2
정약용	남의 도움만을 기대하지 말라 (유배지에서 보낸 편지)	천재(노미숙)1-2
정진권	막내의 야구 방망이	금성(류수열)1-1
정호승	네모난 수박	금성(류수열)1-2
조지욱	왜 그때 소나기가 내렸을까	동아(이은영)1-2

지은이	작품명	수록 교과서
조희진	군사들에게 종이 옷을 보낸 인조	천재(노미숙)1-2
최원석	토끼는 용궁에서 살아 돌아올 수 있었을까	금성(류수열)1-1
최재천	고래들의 따뜻한 동료애	천재(노미숙)1-2
최재천	생명의 그물을 함부로 끊지 말아요	지학사(이삼형)1-1
한기호	로봇도 권리가 있을까	금성(류수열)1-1